中公文庫

事件の予兆

文芸ミステリ短篇集

中央公論新社 編

中央公論新社

目次

事件の予兆　文芸ミステリ短篇集

驟雨（しゅうう）

井上靖

■いのうえ・やすし　一九〇七～九一
北海道生まれ。主な作品『闘牛』（芥川賞）『氷壁』（日本芸術院賞）
初　出　『オール讀物』一九五四年四月号
底　本　『井上靖全集』第四巻（新潮社、一九九五年）

私は小学校時代暑中休暇になると毎年のように伊豆半島の西海岸にあるMという漁村へ出掛けて行った。躰が弱かったので、当時東京で官吏をしていた両親は、夏場だけでも、私を海浜で過させようと思って、その部落の村長の家が母方の親戚にあたっていたので、そこへ私を預けたのである。毎夏、七月の終りから、八月の中旬まで約二十日程の間、私は真黒に躰を灼いてその漁村で過した。八月の中頃を過ぎると、土用波のうねりが単調な海岸線に荒く押しかぶさって来るので、海へはいることは禁じられて、東京の両親の許へ帰されるのが常であった。

M村は小さい漁村の家々が切岸に沿って並んでいる純然たる漁村ではあったが、しかし海水浴場として東京へもその名を知られていた。沼津からバスで三十分足らずの地点で交通には至極便利であった。そして付近一帯の海に沿っている丘陵の斜面には点々と赤や青の屋根を持つ小さい別荘が並んでいた。

私はどういう機縁で光橋家に出入りするようになったか覚えていないが、小学校の四、五年の時の私は、海岸の砂の中に転ぶのと、光橋家の別荘のある丘陵の蜜柑畑の中の細い道を登って行くのが、日課のようになっていた。三時のお茶は大抵光橋家の縁側か茶の間で御馳走になった。私が寝泊りしている親戚の家では、私が光橋家へ出入りするのを余り好まない風で、叔母は、

「おやつはお家へ帰って食べないと不可(いけ)ませんよ」

と言ったが、私はいつの場合も、海から真直ぐに親戚の家へ帰ったことはなく、光橋家へ足を向けていたようである。子供だったから遠慮ということも知らなかったし、それに私にとっては光橋家は何といっても居心地のいい場所であった。光橋家の当主は赭(あか)ら顔のかっぷくのいい中年の人物で、よくパンツ一つで、大きな腹を叩きながら縁側に現われ、私の顔を見ると冗談を言った。私はこの人物が嫌いではなかったが、どうしても好きにはなれなかった。何となくよからぬ人物の印象があった。村人の噂などが私の耳にもはいっていたためかも知れない。

夫人の方は好きだった。夏になって、一年ぶりでこの夫人に顔を合わせる時、私は自分の顔に血の気が上るのに困惑した記憶を持っている。白い手首は、まるで私の手首ほどしかなく、海浜などで会った時、背後から縋(すが)りつくのに、私は子供心に彼女が倒れないように要心したものである。それほど光橋夫人は華奢(きゃしゃ)であった。私は長じて女性の美貌を判断する時、いつも光橋夫人を基準にしたものだが、それでも判るように夫人は私が女性を美

しいと思った最初の人であった。

「たかしさん」

夫人は私をそう呼んだ。たかしというのは私の名前ではなく、小さい時亡くなった彼女の子供の名前であった。私はたかしと呼ばれることに、多少の反感と多少の当惑と、そしてそれ以上に自分が彼女にとって特別な子供であるという大きい誇りを感じた。

これから述べようとする物語は、私が小学校六年の夏休みに起った事件である。私がその夏M村へ出掛けたのは、例年より少し遅かった。中学の入学の予習が学校にあって、それをすませて東京を発ったので、村に着いた時は八月の初めになっていた。光橋家の別荘にはまだ光橋氏も光橋夫人も来ていなかった。私は光橋家の人が今年は避暑に来ないのではあるまいかと思って、それがひどく心配になっていた。海浜に出ても、時折、丘陵の別荘の方へ眼を向けた。

そして窓が固く閉ざされているのを見る度に、私は今年の夏がいつもの夏とは全く別のような気がした。海岸に並んでいるビーチパラソルの色は、どれも野暮ったく淋しく見え、海岸の砂の感触もいつもの快さはなかった。

私がM村へ行って十日程してから、初めて光橋家の鎧戸(よろいど)は開けられた。白いレースのカーテンが風にはためいているのが、海へ行こうとしていた私にすがすがしく映った。

私は浜の方へ降りては行かないで、そのまま別荘の方へ登って行った。しかし、この時、私には夫人が来ていず、他の女の人でも現われて来るのではないかというそんな予感があった。どうしてそんな予感が働いたかと言うと、それまでに幾度かそうした事があったからに違いないと思う。子供の私は別に気にも留めないでいたのであるが、その日そうした過去の事件が初めて一つの予感を形成するような働き方をしたのは、私がその前年までの私とは違って、大人の世界へ一歩足を踏み入れていたためであろう。私は少くともその日、既に少年ではなくなっていたのである。

予感は当った。近廻りするために光橋家の生垣をくぐって、庭へ躰を入れた私の眼にはいって来たものは、光橋氏と見知らぬ一人の女が、開け放った座敷に寝そべっている姿であった。

光橋氏は仰向けに横たわって午睡をとっているらしかったが、女の方は煙草を銜(くわ)えて腹這いになっていた。畳についている二本のあらわな肘が、私には堪まらなく不潔に映った。私はそのまま、もう一度生垣をくぐって、光橋家の庭から滑り出した。むしょうに、何もかもが憤(いきどお)ろしかった。

私はその晩、親戚の家の食膳で、叔父と叔母が口汚く、光橋氏を罵倒しているのを聞いた。

「連れて来る女が、その度に違っているじゃあないか。あれでは奥さんが可哀そうだ」

叔父が言うと、

「奥さんがどうかしていますよ。お嬢さん育ちというのか知らないが、あれでは、こっちの方がはがゆくなりますよ」

叔母の方は夫人の方にも罪があると言った言い方だった。私はその時そんなことを言う叔母を憎んだ。私がもしその時、おっとりしていると言う言葉を知っていたら、その言葉で光橋夫人をかばってやったろうと思う。

しかし、私はどう言っていいか知らなかった。ただ悲しみが心の中へ衝き上げて来るのを感じた。そして庭の方へ視線を投げ、夏の白っぽい夕明りの中に、黄色い月見草が幾つか花を開いているのを、私は食膳の前に坐ったまま、いつまでもぼんやりと見詰めていた。

その翌日も、私は朝晩二回、光橋家の庭へ忍び込んだが、夫人の姿はなかった。二回とも光橋氏は見知らぬ女と庭を散歩していた。こんどは女の顔が間近に見えた。まるで私には、その女が直ぐ上の女学校の姉のように若く見えた。そして何か光橋氏と話し合って笑っていたが、その笑い声が意外に澄んだ美しい声であるのに驚いた。女が若いのにも、美しい声を持っているのにも、私は怒りと悲しみを覚えた。

その翌日の昼、私はもう一度光橋家の庭にすべり込んだ。やはり夫人の姿はなく、光橋氏と女がゴルフの練習をしていた。庭の一隅にネットが張られ、それにドライバーで打たれたボールが飛んで行っては、ひっかかった。私はいつか自分が忍び込んで来た目的を忘れ、二人が交互に行っている見慣れぬ競技に見惚れていた。

そのうちに女の打ったボールが、植込みの中にしゃがんでいる私の足許まで転がって来た。私は思わず立ちあがって、それを拾った。

「なんだ、坊、そんなところにいたのか」

光橋氏の声が直ぐ聞えた。そして彼はつかつかと近づいて来ると、

「一年で随分大きくなったな！」

と言って、私の頭に手を置いた。

「お菓子があるよ、こっちへお出で」

私はもう彼の言うままに従うより仕方なかった。

それから三十分程して、私は光橋氏と女と三人で海岸へ出た。私は何か大変悪い事でも犯しているような気がしたが、猫に魅入られた鼠のように、彼等二人の許から逃げ去ることはできなかった。自分がこっそり忍び込んでいるところを発見されたという弱味があったためかも知れない。

船着場から貸ボートに乗った。

「こっちへいらっしゃい」

私は女の傍に坐らされた。恐ろしい毒物でも触るように、私は身を固くしていた。私は女からチョコレートを貰ったが、口に入れないで、ズボンのポケットへ押し込んだ。

オールは光橋氏が握った。逞しい腕が真夏の陽に照らされ、一面に汗を吹き出していた。

「うまいわ！」

女は言った。

「ボートの選手だったんだ。大変なもてかただった。女学生にわあわあ騒がれた——」

「嫌な方！」

二人はそんな会話を交わした。女は沖へ出ると大きく声を震わせて歌を唄った。私は女の声が岸の方へ聞えはしまいかと思って、それが心配だった。

一時間程して、私たちは帰ることになったが、帰りは女の希望で、M村の端れにある断崖の裾に船をつけることにした。断崖の近くには小さい岩礁が散らばり、そこだけに波が立ち騒いでいた。

「危いわ、気を付けて！」とか、「怖いわ、怖いわ」とか、女は一人ではしゃいでいた。

磯にボートを着けると、真先きに女が降りた。それから私が、最後に光橋氏が降りることになった。

光橋氏は、自分が降りる時は潮に流されないようにボートを器用に岩と岩との間に入れ、それから揺れているボートから半間程の岩の上に身を躍らせた。女の「あっ！」という短い叫びで、驚いて振り向くと、光橋氏は足をすべらせて不様な恰好で岩の上に倒れていた。上半身は岩の上に、下半身は潮の中に浸っていた。

打ちどころでも悪かったのか、光橋氏は二、三回もがいたが起き上がれなかった。

私は女の命令で磯伝いに村へ駈けた。光橋氏の急を告げることは何でもなかったが、自分が光橋氏と女と三人でボートに乗っていたことを、村人に知られるのが嫌だった。

直ぐ三人の村人が戸板をもって現場へ急行し、光橋氏をそれに載せて連れて来たが、私は事件から離れて丘陵の蜜柑畑に腰を降ろし、夕方まで時間を過した。

私がその翌日、村の氷屋の将几に腰を降ろしている時、女は沼津行きのバスに乗った。私は知っていたが、声をかけなかった。

光橋夫人が、女と入れ替りのようにやって来たのはその翌日のことである。海から帰って来た私は、親戚の家の井戸端で、村の女たちが光橋夫人が来たことを噂しているのを聞いた。

「天罰てきめん」だとか、「悪いことはできない」とか、そんな言葉も、女たちの口から聞えた。光橋氏の悪口を言っているらしかった。

私は光橋夫人が来たと聞いて胸を躍らせたが、直ぐ光橋家へ遊びに行く気にはなれなかった。夫人の美しい顔を見るのが怖い気持だった。

しかし、その日の夕方、私はやはり自分の気持を押えることができないで、光橋家のある丘陵の坂道を上って行った。

するとその時丁度上から光橋夫人が降りて来た。彼女は遠くから直ぐ私を認めたらしく、

「たかしさん」

と、片手をあげて私の方へ呼びかけた。浴衣を着た夫人の姿が、私には神々しいほど清潔に美しく見えた。

「たかしさん、大きくなったわね、大きくなったわ！」

その夫人の声を聞いた時、私は胸がつまって、歩くことができなかった。涙は眼から溢れ出して来た。

「ばかね、泣いたりして、どうしたのよ」

私が泣いたので、夫人は驚いたらしかった。

「散歩しましょうか」

夫人は言ったが、私は首を振った。夫人に声をかけられたので、もう充分私は満足だっ

た。この上は、夫人から離れて一人でいたかった。夫人と一緒にいることは何か怖かった。

「宿題をまだやってないの」

やっとのことで私がそう口に出すと、

「じゃあ、明日の午後海で待っていらっしゃい。散歩しましょうね」

それから、又、夫人は、随分大きくなったわ、と美しい眼でしげしげと私を見た。

その翌日、私は午から浜へ出ていた。いつも夫人が坐る場所を知っていたので、私はそこに陣取っていた。海へもはいらなかった。海へはいっている間に、夫人が来たら大変だと思ったからである。

二時頃、夫人は昨日と同じように浴衣を着てパラソルをさしてやって来た。私は眩しい気持で、夫人と並んで砂の上に腰を降ろした。

「たかしさん」

そう言ってから、

「たかしさんと呼ぶのやめましょうか、もう大きくなったから」

と夫人は笑いながら言った。私は首を振った。たかしさんと自分の名でない名で呼ばれてもいいと思った。夫人がその気なら、私は改名しても構わない気持だった。

浜に腰を降ろしている三十分程の間に、私は、何度も、自分が光橋氏と知らない女と三人でボートに乗ったことを、夫人に告げて謝ろうと思った。しかし、どうしてもそれができなかった。

そのうち、到頭夫人の口からその事を持ち出されてしまった。

「この間、小父さんとボートに乗ったんでしょう？」

「ええ」

私は顔から血が引いて行くのがわかった。そして絶望的な気持で言った。

「僕、告白しようと思っていたんだ」

「告白⁉」

「だって」

「告白」

夫人はまた言った。私の言葉はよほど夫人を驚かせたらしかった。

「小父さんと、知らない小母さんと三人で、ボートに乗ったの」

「いいのよ、そんなこと」

夫人は静かに言った。そして、

「それが告白なの？」

「うん」

すると可愛くて堪まらぬように、夫人の手が私の方へ伸びて来た。そして両手が、ぴたりと私の頰を押えた。私は身をもがいて、夫人の顔を見た。その時、私は夫人が別人ではないかと思った。それほど夫人の顔は真蒼だった。

「たかしさんのお姉さんみたいな人だったでしょう」

「うん」

「ボートに乗って何をしてたの？」

「何もしない、その人歌を唄っていた」

「どんな歌？」

「忘れた、声を震わせていた」

「それだけ」

「うん」

「何という人かしら」

「知らない、小母さん知らない？」

「知らないわ。きっと小母さまの知らない人でしょう」

その時、私はまた夫人の顔を見て驚いた。夫人は、今まで私が見たことのない怖い顔をしていた。私は口にすべきでないことを口にした悔いを感じた。そのうちに、夫人は自分

で自分の顔に感づいたのか、

「小母さま、いま怖い顔をしているでしょう。今までに何回あったかしら。何回かこんな顔をしたわ。でも、今が一番怖い顔よ」

それから弱々しく笑った。その時はもう夫人の顔からは怖い表情は消えて、いつもの優しい美しいものが立ち戻っていた。しかし、もう夫人は私に話しかけなかった。長いこと喪心したように沖の方へ眼を執拗に向け続けていた。沖は真暗だった。いつか黒雲が空全体を覆っていた。

そのうちに、大粒の雨が砂浜の上に落ち始めた。私は雨が落ちて来ても、夫人が動かないうちは動いては悪いような気がして、黙って坐っていた。

「帰りましょう、夕立よ」

大分経ってから夫人は立ち上がった。砂浜を横切って往来へ出た時は、あたりは真暗になり、篠つく雨が地面を叩いていた。夫人は、

「お家へ行きましょう」

そう言って、雨の中を別に走りもせず歩き出した。私もまたそうしなければ悪いような気持で、夫人のあとから、雨に叩かれながら坂道を登って行った。

光橋家へ着いた時は、二人ともびしょ濡れだった。別荘番の老婆が、家へシャツとズボ

ンを取りに行ってくれた。その間、私は裸で西瓜を食べていた。シャツとズボンが来た頃は、雨は雷鳴まで加えて激しくなっていた。

私は夫人について、初めて二階へ上がって行った。二階の一部屋は洋間になっていて、そこへはいって行くと、光橋氏が一人で寝台の上に仰向けに横たわっていた。彼は私を見ると、

「おお、来たか」

と言ったが、すぐ、

「トランプでもやろうか」

と言った。

「あら、トランプお持ちになっていらっしゃるの?」

夫人が言うと、

「うん」

と、不愛想に光橋氏は言った。私は、そのトランプはこの間の女の人のものであることを知っていた。ボートに乗る時、彼女がそれをハンドバッグの中へ入れるのを、私は見ていたからである。

窓硝子には雨滴がとめどなく落ちていた。

「二人では面白くないよ」

　私が言うと、

「わたしもはいりましょう」

　と夫人は言った。

　私は今までのことは忘れ、トランプをやるということですっかり楽しくなり、有頂天になっていた。

　光橋氏のベッドの傍に椅子を二つ運び、その一つに夫人が坐り、他の一つに私が腰かけた。私が札を切って、三人に分けた。光橋氏だけが仰向けになったままで、札を揃えていた。

　ツー・テン・ジャックをやった。最初敗けたのは私だった。夫人が一番勝つことが嬉しくて、私は自分が敗けたことなど何でもなかった。すると、

「敗けた罰に、告白なさい」

　と、夫人は言った。私はどきりとした。夫人の顔を見ると、夫人は平生と変りなく優しい顔をしていた。私は夫人の告白という言葉に途惑っていた。すると、

「お菓子を黙って戸棚から出して食べたことなくって？」

　夫人が助け船を出すように言ってくれたので、私は吻（ほっ）とした。それで、私は、

「万年筆を拾ったことがあります。でもそれを黙って自分のものにしちゃった！」

と言った。すると、

「いいわ、それで、正直ね」

夫人は笑いながら言った。

二度目のゲームは光橋氏の敗けだった。

「さあ、告白よ」

夫人は言った。

「困ったな！」

それから突然驚くほど大きな声で光橋氏は笑い出した。

「ごまかしては駄目！」

「困ったな」

「困ることないでしょう」

「じゃあ、何を言うかな、金をちょろまかしたことがあります。五、六回」

それからまた、光橋氏は笑った。夫人はそれに対して何とも言わなかった。

三度目は私が敗け、私はまた小さい悪事を一つ披露した。四度目は夫人が敗けた。

「さあ、お前だぜ」

光橋氏が言うと、

「じゃあ、告白します」

夫人は言って、暫く眼をつむっていたが、

「たかしは、実は貴方の子供ではありませんの」

そう静かに言った。声が少し震えていた。

私は光橋氏の顔を見てはっとした。光橋氏は何か言おうとし、口を醜く曲げていたが、やがて、

「冗談に言っていいことと、悪いことがあるぞ。正気で言ったのか、それ」

と、ぶっつけるように言った。

「正気です」

「莫迦（ばか）！　そんなことがあってたまるか」

「でも、告白ですわ、これ」

言うと、夫人は椅子から立ちあがった。光橋氏は躰を起そうとしたが、痛みが走ったのか、両手を振るようにして、また頭を枕につけた。夫人はそのまま出て行った。私の耳にはそれまで忘れていた雨の音が、急に騒がしく聞えて来た。部屋の中は夜のように真暗だった。私もまた、立ちあがった。椅子が倒れたが、それを起す余裕はなかった。一刻も早

くこの部屋から出たかったし、それから部屋を出て行った夫人のことが気懸りだった。階下へ降りて行くと、玄関の横手の部屋の縁側に夫人は立っていた。そこだけ雨戸を閉め忘れたのか、雨の吹き込みが縁側を濡らしていた。夫人の浴衣の裾がばたばたと風に揺れているのが、異様に私には見えた。

「小母さん」

「いいの、心配しなくても」

夫人は戸外の雨の方へ顔を向けたままで言った。そして、

「嘘よ、いまのこと！　小母さま、嘘言ったの」

それから私がぞっとしたような、低い冷たい声で夫人は笑った。

その翌年の夏は、私は中学生になっていたので、学校から他の海浜に出掛けて伊豆のM村には行かなかった。

一年置いて、二年生の夏、私はM村へ出掛けた。光橋氏の別荘は人手に渡り、そこへ来ているのは他家の人たちだった。親戚の叔父と叔母の話に依ると、光橋氏は綿業界の方では大変な遣り手だったが、魔がさしたとでも言うのか株に手を出して失敗して、借金で首が廻らなくなって自殺したということであった。自殺した時期は判らなかったが、去年の

夏は既に、別荘が売りに出ていたという話であった。

私は美しい夫人に、中学の制服を着た自分の姿を見て貰えないことが、淋しかった。別荘の近くへ行ってみると、庭は一部が芝生になり、一部がテニスコートになっていて、まるで面目を改めていた。縁側には見知らぬ学生が二、三人寝転んで本を読んでいた。

私は光橋氏の事業の失敗も、自殺も、何か美しい夫人の告白と無関係には考えられぬような気がした。しかしその夫人の告白は、果して真実のことであったろうか。嘘よ、いまのこと。小母様、嘘言ったの——その夫人の声はいまも私の耳にははっきりと残っている。長い歳月の経過した今日も、私はその夫人の言葉を思い出す度に、あっと呻き声を上げたいような不思議な衝動を感じる。その後私はM村には一度も行っていない。

春の夜の出来事

大岡昇平

■おおおか・しょうへい　一九〇九～八八
東京都生まれ。主な作品『レイテ戦記』（毎日芸術賞）『事件』（日本推理作家協会賞）
初　出　『オール讀物』一九五五年四月号
底　本　『大岡昇平全集』第五巻（筑摩書房、一九九五年）

1

昭和のはじめ頃、大和キネマの弗箱だった蒲生春夫という美男俳優をおぼえてる人がいれば、それが三宅露子の夫である。蒲生がまだ宮戸座の下っ端だった頃、惚れていっしょになったのである。

女道楽は仕放題、女房子供はほったらかし、映画俳優とはそういうものと考えられていた時代だった。露子は東京西郊の借家に息子の太郎とずっと二人で暮していた。馬道の経師屋だった父親は別れてしまえと言ったが、露子は従わなかった。その父親が死に、腹違いの弟が跡を継いでから経済的援助が絶えた。手内職の造花作りで、露子は太郎を学校に通わせた。

太郎は色白の可愛い子で、学業もよくできた。大和キネマのカメラマンで、なにかと世話を焼きに来てくれる男が、子役に出すことをすすめたが、露子は役者は蒲生で懲りていたから断った。太郎はやがて夜学の工業学校を出て、電気会社に職を得た。女房の来手もあって、会社の近所の大森に家を持った。露子は馬込のこわれかけの二階家を守った。造花作りは続けていた。

この間に蒲生春夫の名前は、いつか世間から消えていた。映画がトーキーに切り替った時、声の欠点が暴露されたのである。田舎廻りの新派に陥ちて、間貫一（はざま）を売物にしているというわさだった。病気もしたらしい。巡業先の室蘭で行方不明になった。これが昭和十二年のことである。

ある夜、露子の家に泥棒が入った。二階に寝ていた露子は、賊が階下を歩き廻るのを知っていたが上って来られるとこわいので、声を立てなかったと言っている。露子が嫁の久子にやろうと思っていた古い派手なお召、そのほか二、三点の衣類が失くなった。

事件が起こったのは、それからひと月後の春の宵の十時すぎである。ちょうど太郎が来ていて、母にこの家を引き払って自分の家へ来るようにと、これまでに、何度もした勧告を茶の間で繰り返していた。

「うちの奴も承知なんですよ。その気がねなら、よして下さい」

「それはどうもありがとう。でもお前、あたしはやっぱりここにいようよ」

「どうしてですか。女一人に、この家は広すぎる。またこないだみたいなことがあると、おっかさんだっていやだろうし、あたしも心配なんだ」

その時二人は奥の間の向うの庭で物音を聞いたのである。なにかがぶつかり、もつれ、倒れるような音であった。最初は犬でもじゃれているんだろうと思った、と露子はあとで言っている。それに反して太郎は、最初から争っているのは動物ではなく、人間だと思ったと係官に言った。

どどたりと雨戸一杯にぶつかる音がした。それはもうはっきり人間の立てる音だった。犬ならば戸のもっと低いところに当るはずである。立ち上った太郎を、露子は止めた。

「あぶないからおよし。ならず者でも喧嘩してるんだよ。かかわり合いになって、怪我でもしたらどうするの」

太郎は母が自分一人を頼りにも、誇りにもしているのを知っている。しばらくそこに立ったまま、様子をうかがっていたが、音はそれきりしなかったので、縁を廻って行った。露子もついて来た。

雨戸を開けると、冷たい底にどこかあたたかさを含んだ三月の夜気が流れこんだ。郊外のこととて、どこの家も庭をたっぷり取ってある。十坪ばかりの庭を区切ったひば垣の向うは、広い隣家の庭で、物音はその家の人の注意を引かなかったとみえる。雨戸を閉した建物が黒く星空に輪郭を描いているばかりである。遠く夜を貫いて私鉄の電車の走る音が断続して聞こえた。

庭のくらがりに最初二人はなにも見分けることができなかったが、やがて太郎は軒下におかれた黒いものに目を留めた。それは小さな風呂敷包みであった。使い古しの、煤や泥で黒ずんだ風呂敷で、もとは紺色であったろうと推察された。後で警察の調べによって、それが青森県の特産の染物であることが明らかにされた。

中から出て来たのは、底のすり切れた編上靴であった。これには仙台の商店のマークがついていた。太郎はその風呂敷包みを、庭へ降り立って調べていたのである。地上には足跡が乱れて、人間の格闘の跡を示していた。三ヶ所に落ちていた血を、太郎はその時は気がつかなかったと言っている。

彼はやがて母に懐中電燈を乞うと、家の横手へ廻って行った。およそ五分ぐらい経って、(という露子の証言は、その後あらゆる彼女の証言と同じく、警察に疑われたが、この間彼女はずっと気が顛倒していたのだから、実際はもっと短かったかもしれない)突然彼女は太郎の低く押えつけたような叫びを聞いた。やがて庭の暗がりから歩み出た太郎の顔色が変っていた。血が手についているのを見て、露子は、

「ああっ、ああっ」と叫びながら、後ずさりした。

「人が死んでる」と太郎は上ずった声で言った。「交番へ行って来る。おっかさんはここを動いちゃいけません。女の見るもんじゃない」

2

家の横手の物置の前で死んでいたのは、四十五歳ぐらいの男であった。中肉中背、身体的に特徴はなかった。致命傷は第五肋間の下から心臓に達した刺傷で、傷口はそばに投げ出されてあった短刀と一致した。死体はそのほか肩に一つ刺傷を持っており、顔面は十字に切り裂かれていた。

無論露子も太郎も見知らぬ男だった。着衣は紺の木綿の股引に、同じく絣の半てん、よく「一見労務者風」と社会面に書かれる風態であった。地下足袋についた土は、庭のものだけだった。男は恐らく軒端で編上靴と穿き替えたのだろうと推察された。

なぜ男がそれを風呂敷に包んだかはよく説明されなかったが、なぜ男が家の軒下にかがんだかについては、男の腰についていた小さな袋の中味が十二分に説明した。それは鋭利な小型の鋸、切出、ノミ、その他、要するにその頃の押入常習者の七つ道具から成り立っていた。

警察に呼ばれた新宿旭町の木賃宿の親爺は容易に男を見分けることができた。それは柳田金太郎と称して、二ヶ月前から泊っていた日雇人夫であった。無論親爺は柳田がそういう夜の商売を持っていることを知らなかったと言い張った。宿帳に記された福島県の本籍は無論出鱈目であった。

親爺は柳田が東京弁を使ったと言っている。もとはこれでも一万二万の金を自由にしたことがあると威張るのを聞いた同宿人もいるが、これはどうせ旭町あたりの木賃宿の常連が誰でも言うことであった。

最初警察が疑ったのは、死体の発見者太郎であった。右の手の平から手首へかけてとっぷり血がついていた。太郎自身の言によれば、くらがりで不注意に死体にさわったためであった。格闘の行われた音がした時、太郎が家の中にいたことは、露子の証言で明白なはずであったが、官憲が親子や夫婦の証言を一応嘘と見なすのは、松川事件の今日と変りはない。

警察が疑ったのは、つまり太郎が過剰防衛で、相手を殺したのではないかということであった。短刀はその頃どこの刃物屋でも手に入れることができる種類のものであった。太郎は事件の翌日も一日中、所轄署に止めておかれた。彼が釈放されたのは、その夜付近で襲撃者らしきものを見たと言う者が出て来たからである。

津島栄子嬢は付近に住むオフィス・レディである。友だちと五反田で映画を見ての帰り、私鉄の駅を降りた時、時計が十時四十三分を指していたことまで憶えていた。露子の家の前へ来かかった時、彼女は一人の男が急ぎ足に家の横手から出て来たのを見た。顔は暗くてよく見えなかったが、四十歳ぐらいの坊主刈の男だったという。オーバーを着ていたと栄子は思っている。

渡辺源作も栄子と同じ電車で降り、約百歩の間隔で、同じ方向に栄子の後から歩いていた。彼は男が露子の家から出たのは見なかったが、同じ人相同じ服装の人物が、全速力で駅の方へ駆けて行くのに摺れ違った。彼は男が幽霊のように、足音もなくすぎたと言っている。そしてそれは多分、男が地下足袋もしくはゴム裏のズック靴を穿いていたからだろうと思う、と付け加えた。

この道は約十五分の後、太郎が血に染った手のまま、駅前交番へ急を知らせるために駆けた道である。彼も洋服を着ていたが、外套はなく、それに下駄を穿いたままだった。

当時大森池上一帯は頻々と押込みに襲われていた。手口は典型的な流しのそれであったが、全部同一人の仕業とはきめられなかった。

二人の賊が、偶然同じ目標の下で落ち合い、同士討をしたのだろうという推測は、三日後、駅の向うの竹藪の中で、血のついた外套が発見されるに及び、確められた。血液型は被害者のそれと一致したばかりか、外套はその少し前の雪ヶ谷の盗品だったからである。

露子の家を点検した刑事は、縁側の雨戸の上下の桟が、鋸で引き切られているのを発見した。しかしオガ屑はこぼれていなかったし、その夜は露子も太郎も、格闘が始まるまでは、郊外の夜更けの静けさの中で、そんな音を聞かなかったと言う。多分その前に賊が入った時から、切られていたのだろうということになった。

3

こうして事件は、誰も傷つけずにすぎ去った。露子は遂に太郎夫婦と同居することを同意したが、事件以来めっきり老けこんだようで、口数が少くなった。太郎も、気立のいい嫁の久子も、姑を慰めるために、ベストを尽したが甲斐がなかった。

一年経ったある日の午後、露子は大井町へ買い物に行くため、私鉄のホームに立っていて、ふらふらと来かかる電車の前へ顚落した。傷は両腿轢断で、露子はそれから三十二時間、救急病院で生きていた。臨終が近づいた時、付きっきりだった太郎を遠ざけ、院長にだけ話したいことがあると言った。願いは聞き届けられた。露子は老院長に次のように語った。

あたしは過(あやま)ってホームから落ちたのではありません。太郎は立派に生長し、いい嫁を迎えた時で、あたしの使命は終ったようなものでございます。それからはいわば余勢で生きてきたのですが、去年の春、あたしの家で人が殺されてから、いよいよ生き甲斐を失いました。

先生はあの事件をおぼえておいでですか。殺されたのは泥棒だったということになっています。それに間違いはございません。しかし泥棒は同時にあたしの夫だったのでございます。

顔を斬りきざまれて顔かたちもわからぬようになっていましたが、どうして見まちがうことができましょう。不実の夫でございましたが、あたしはある意味で、ずっと夫の帰りを待ち続けていたのですから。

夫が来たのは、あれが最初ではございません。その前に入った泥棒もやはり夫だったのでございます。警察では夫を常習犯であったように申しておりますが、あたしにはそうは思われません。あの人はあたしの家と知って入ったのです。泥棒しなければならないところまで落ちぶれても、他人様の家へ押し入る勇気のある人ではありません。女房の家のものなら、俺のものだ、そういう風に考える人です、あの人は。

夫と気付いたからこそあたしは声を立てなかったのです。下の奥と茶の間を行ったり来たりする足音、襖の開けたての間合なぞ、十三年たっても変っておりませんでした。

よほど降りて行って声をかけようと思いましたが、やはりこおうございました。二階まで上ってくれればと、それればかり念じておりましたが、あの人は到頭上って来てはくれませんでした。

しかしきっと、また来てくれると信じておりました。なぜならあの人は軒端に風呂敷包みを忘れて行ったからでございます。風呂敷も靴も東北のものだそうでした。北海道からだんだん南へ下がって来る。つまりそれがあの人だった証拠ではないでしょうか。雨戸の桟が切られていたのにも気づいていましたが、わざと誰にも言わなかったのでございます。

いかにもあの人はまた来てくれました。しかし可哀そうに、それは殺されるために来たのでした。しかしあたしは、あの人がうちへ入ろうとしていたもう一人の泥棒を追い返そうとして、あんな災難に会ったのだと信じております。

なぜ最初に来た時に声をかけなかったのか、と悔まれてなりません。そうすれば、あの人はあんな目にあわずにすんだのです。夫を殺したのはあたしです。

しかしあたしはそれが夫だと明かすことはできませんでした。そうすると太郎の心に傷がつくことになります。それでなくとも、太郎は父が家にいなかったために、それはそれは辛い思いをして来ています。やっと嫁を取れる身分になったのに、その父が遂に泥棒になりさがり、あのような非業な最期を遂げたとあっては、よしその家庭を破壊しないまでも、嫁と実家に対して、あの子に大変な負い目がつきます。だからあたしは黙っていました。

そのかわり私は夫を殺したばかりか、葬式も自分たちで出せないことになりました。もしあの世というものがあって、これから夫にそこで会わなければならないとしたら、どんなに叱られるだろうか、とそれが心配でなりません。

むろん私はこの秘密を抱いたまま死ぬつもりでございましたが、その死がこう長びいては、自分のしたことが、果して正しかったかどうか、自信を失いました。先生に打ち明けてお話すれば、気が静まるかと存じ、お願いした次第でございます。

先生、あたしの行いは神様の目から見て正しいでしょうか。どうかお教え下さいまし。

院長はむろん患者の精神は狂っていると判断したが、あなたは正しい、まれに見る立派な生涯を送られた、あの世なぞというものはないが、よしあったとしても、あなたはご主人と会うことはないでしょう、ご主人は失礼ながら地獄におられるだろうが、あなたは極楽に行かれるのですよ、と慰めた。露子は院長の言葉を聞いてほほえみ、

「ありがとうございます。でも、もしあの人が地獄にいるのでしたら、あたしはやはりそ

こへ行きとうございます」と言った。

4

翌年、太郎は応召した。漢口付近の戦闘で、腹部に銃創を負い、三日後、後方の病院で息を引き取った。

彼は狂おしく久子と、二歳になる長男の俊太の名を呼んだ。軍医がいくら「それでも日本人か」と叱っても、「命だけは助けて下さい」と頼み続けたが、死の前日になって、ようやく落ち着いてきた。そして前線から付きそって来ていた塚本という戦友に、俺の最後の告白を聞いてくれ、しかし帰っても女房や子供には言ってくれるな、と前置きして次のように言った。

俺はこんな死に方をするのが当然の人間かもしれないんだ。俺は父を殺したんだから。いつかお袋の家の庭で泥棒が殺された話をしたことがあったな。あれは、実はおれの父親だった。そして殺したのは、この俺なんだ。

肩を刺されていたが、父はまだ生きていた。俺は懐中電燈でその顔を確認した。父は俺が七つの時から、家に寄りつかなかったが、映画はそれからも母に連れられて、なんども見に行った。顔は知っている。恐ろしく老いこんでいたが、見間違うはずはない。

　俺は激しい怒りを感じた。俺がこれまで父がいないために、どれだけ貧乏に堪え、屈辱を忍んできたか、言葉で言い尽せるものではない。俺が誰も怨まず、品行方正の模範青年として通ってきたのは、おれの怨みが父一人に注がれていたからだ。俺は母に内緒で父のブロマイドを一枚机の曳出に入れてあった。毎晩寝る前に、それに小刀を突き通すのが俺の日課だった。

　この習慣は久子と結婚してからは続けるわけにいかなくなった。殊に子供が生れてみれば、自分自身父である俺が、いつまでも父を呪い続けるのは、変な気がしたからだ。

　しかしあの時、父の顔を見ると、怒りがこみ上げてきた。十三年ほったらかしにしておきながら、おめおめ帰って来るばかりか、こんな不始末をしでかして、俺たちの顔に泥を塗ろうとしている憎い奴なのだ。

　父は俺がわかったらしい。

「太郎か。お母さんを呼んで来てくれ、俺はこのままじゃ、死んじまう。早くしろ」と言った。

　そばに短刀が落ちていた。俺はそれをつかむと、黙って父の眼玉へ突っこんだ。幾度となく父のブロマイドにしたように。

それから父であると、母に気づかせないために、顔を十字に切った。

俺は自分のしたことを決して悪いとは思っていなかった。殊に父がこそ泥になり下っていたことがわかってみればなおさらだ。俺の行為は一家の体面を救うために、どうしても必要なことだったのだ。

俺の自信がぐらつき始めたのは、母があんな死に方をしてからだ。母は臨終の間際に医者に長くなにか言っていた。話の内容は医者はどうしても教えてくれなかったが、俺は母もあれが父だと知っていたのではないかと思う。俺が殺したことも推察していたかもしれない。だから俺に言えなかったのだ。母親が死ぬ時、息子に言えないことがあっていいものだろうか。

母の死も自殺じゃないか、と疑い出せばきりがないのだ。そしてその原因が俺が父を殺したためだとすると、俺は母まで殺したことになるのだ。

しかしいろいろ考えた末、俺はそんなことは気にしないことにきめていたのだ。死んだ人は死んだ人だ。残った者がちゃんと生きていけばいい。俺の罪は俺といっしょに葬ればいい。自分がしたような苦労を、子供にさせなければいいのだ。だから俺はいままうしても死ぬわけにいかないんだが、それはどうやら駄目らしい。

それは諦めたが、いやなのは負傷してからこっち、始終父を夢に見ることだ。父の眼玉に刀を突っ通す場面を何度も見る。俺は自分が正しいと思っている。父は俺に殺されるに値する人間だと信じているが、こう夢に見ては、また自信を失った。父の霊は生きているのか。そして俺に祟るのか。俺の罪は俺だけですまないのか。二歳の子供を残して俺は死ななければならない。父は俺の子供にまで祟るのか。血のつながった孫ではないか。なにも知らない子供が可哀そうじゃないか。

やっぱり俺は生きねばならぬ。軍医殿をもう一度呼んで来てくれ。俺の腹をかっさばいて、このいまいましい弾を取ってくれ。俺は死ぬわけにはいかないんだ。頼む、軍医殿を呼んでくれ。なぜ黙ってるんだ。貴様まで、俺がこんな死にざまをするのが相当な人間だと思ってるのか。よし、もう頼まぬ、軍医殿も頼まぬ。俺のことは俺が始末する。自分で手術する、よせ、放せ。放さぬか。

5

太郎の遺骨を持ち帰った塚本は、以来太郎の家の友人になった。昭和十八年にまた召集され、終戦は満州で迎えた。そして引揚後、それまでずっと後家を通してきた久子と結婚して、太郎の遺児俊太の将来も見てやれるという喜びを持った。俊太は丈夫に育った。青春の七年を軍隊ですごした彼には、戦争を放棄した日本では、やはり警察官が一番向いた職業であった。彼は頭角をあらわし、警部になった。

ある春の夜、彼の勤務する署に窃盗常習犯が挙げられて来た。強窃盗前科八犯の強者（したたかもの）だったが、もう五十七の年寄りで、稼げなくなったので、刑務所へ入るためわざと微罪を働いたと思える節があった。褒美の天丼が食いたさに、べらべらききもしない余罪を喋り立てた。そして取調べに当った塚本は、あれほど死んだ戦友を悩ませた事件の真相を聞いた。

へえ、あれはまったくあっしとしちゃ、とんだへまをやらかしたもんでした。それというのも、最初のに風呂敷を忘れてきちまったことから始まったんです。二階で人が起きたらしくみしって音がしたから、慌てて飛び出しちゃって、つい大事な靴を包んだ奴を、軒下においたままにして来ちゃったんです。

へえ、あたしゃこれでも仲間うちじゃ「洋服」って仇名がついてるくらいで、身なりにわりかし構うほうなんです。仕事は地下足袋でやりますが、現場を離れたら、ちゃんと靴に穿き替えます。地下足袋を穿いてるとどうしても旦那衆の目に留りますからね。

仙台の方を流してる時買ったキッドのいい奴でした、変に未練があって、よしゃいいのに、ほとぼりがさめた頃、様子を見に行ったのが運の尽きでした。半ちくな先口がいやがってね、こっちを旦那衆と間違えたんでしょうかね、いきなりむしゃぶりついてきやがったんです。いい加減にあしらって逃げるつもりでしたが、懐へ手を入れやがったんで、抜く気ならしようがねえから右肩のところをちょいと刺してやったんです。手ごたえがあったはずだが、しつっこい野郎でね。足にしがみついて離れねえんで、声でも立てられちゃ面倒だから、止めを刺して逃げて来たんでさ。

血がついちゃったから、惜しい外套でしたが、途中ですてました。いえ、あっしが相手を仏にしたのは、あとにも先にもこれっきりです。正当防衛って奴でさ。御慈悲を願います。

塚本は警察官という職に就きながら、死んだ戦友をあれほど苦しめた事件の検討を、これまでなぜ怠っていたのか、自分で怪しんだ。人間の最後の告白というものを疑わなかったためだが、それがどんなにあてにならないものであるかが、当時の一件書類を調べて、初めてわかった。致命傷は明白に胸の刺傷と記されてあり、太郎が言ったような眼の刺傷は存在しなかったのである。

塚本は結局、あの時太郎は熱に浮かされていたのだと思った。そして顔を傷つけただけなら、蒲生春夫の生死に関しなかったのだから、太郎は潔白であると考えて、俊太のためにも喜んだ。

対象を失った憎悪は自己に向けられることがあり、いかに様々な空想力で、自己をさいなむ材料を発明するものであるかを察していたのは、露子の臨終の告白を聞いた老院長であった。

断崖

小沼丹

■おぬま・たん　一九一八～九六

東京都生まれ。主な作品『懐中時計』（読売文学賞）『黒いハンカチ』

初　出　『文學界』一九五六年六月号

底　本　『小沼丹全集』第一巻（未知谷、二〇〇四年）

＊旧仮名遣いを新仮名遣いに改めた。

車はひどく曲折の多い道を走った。道は白く乾いていた。そう広い道ではなかった。二台の車が辛うじて擦違えるぐらいの幅しか無かった。

――この川が矢鱈に曲りくねってますからね。

と、運転手は云った。

道は右手の川沿に続いていた。そして、車は川を溯(さかのぼ)っていた。川と云っても、それはいつの間にか深い渓谷になっていた。ときおりカアヴの加減で、迥(はる)か下方を流れる渓流が見えた。水は青く、岩の所では白く泡立っていた。一、二本の細い滝が、渓流に白い水を落しているのも見えた。

渓谷の向う側には幾つかの低い山が重なり合っていた。その間から、雪を頂く山が顔を覗かせたりした。

ときどき、渓谷の上にケエブルが渡してあるのが眼に入った。

――あれは？

――向うの山で炭を焼きましてね、と運転手は説明した。あれで此方へ送って寄越すんです。

道の左手は山であった。切立った崖とか、一面灌木や夏草に蔽われた斜面が交互に現れた。車は一台のトラックと、二台のオオト三輪車と擦違った。トラックと擦違うときは、両方とも一時停車したが、その他人影は一つも見なかった。

僕は窓から吹込む気持の良い風を浴びながら、右手の山を眺めた。低い山山の間から見える遠く雪を頂く青い山は、ひどく美しかった。その遠い山は道の曲折につれて消えたり現れたりした。しかし、間も無く見えなくなった。渓流に沿って道は大きく左折したから。道の上には「危険」と朱い字で書かれた札がぶら下っていた。

——茲は危そうだな。

——ええ。

運転手は笑って点頭いた。しかし、一向に危がっているらしくもなかった。車は間も無くトンネルを——と云っても長さ二十米ばかりの奴だが——潜り抜けた。トンネルを潜り抜けると、右手前方に人家が見え出した。

——あれです。

運転手が云った。それは僕の旅行の目的地A温泉に他ならなかった。次第に左手の山が後退して行った。車はいま迄の道を捨てて、人家の塊っている部落の方へと下った。そして、一分と経たぬ裡に僕は谷間のささやかな部落の入口に降り立った。

そこは三、四軒の売店と、赤い郵便函を掛けた郵便局のあるちっぽけな広場であった。広場――しかし、それは空地と云った方がいいかもしれない。広場の隅には葉を茂らせた巨きな桜の樹が立っていた。その涼しい樹蔭で悉皆蔽われてしまうほど、広場は小さかった。広場の片隅には、皮の附いた杉の丸太が積んであった。その丸太に足を掛けて、僕は靴の紐を結び直した。

五分后には、僕は友人Nのやっている宿に辿り着いた。

A温泉――と云っても極く小規模なものらしかった。見たところ、旅館らしいものは三、四軒しか無かった。Nの宿はその一番外れにあった。余り上等な代物ではないが、それは一向に差支えなかった。僕はNの所で自宅用として用いている離れを提供されたが、これは有難かった。

離れは川に面していて、高さ五米ばかりの石垣の下を水が流れていた。川は思ったより浅く、清冽な水が石の上を流れていた。所どころに大きな岩があった。それから川下に一つ、吊橋が見えた。

――吊橋はこの上にも一つあるよ、とNが云った。尤も、茲からは見えないが。

対岸には低い山が続いていて、山裾に幾らか耕地があった。耕地のあちこちに数軒農家らしいものが点在していた。Nの話だとこの辺の連中は百姓と炭焼と両者を兼業にしているらしかった。僕は耳を澄した。

——……。

——河鹿だよ、とNが云った。

入浴を済せると、僕は散歩に出ることにした。川下の吊橋を渡る手前の所で、僕は一軒の家に眼を留めた。それは僕の辿る路からかなり上方の斜面に建てられた山小屋風の家であった。普通の住居としては、この山間の部落に至極不似合なものとしか思えなかった。斜面に生い茂った樹木の緑のなかに赤い屋根と白い壁を見せているその家は、悉皆窓を閉していた。人がいないのかもしれない。誰かいるとすれば、当然窓が開いていていい筈だから。

吊橋を渡ると、川上のもう一つの吊橋が見えた。僕はその吊橋に向って川沿の径を歩いて行った。対岸の三、四軒竝んだ川っぷちの旅館の窓は、大抵、開け拡げられていた。人のいる部屋もあった。いない部屋の方が多かった。新聞を読んでいる男、窓に頬杖突いている女、寝そべって話している三人の男女——一軒の旅館の窓からはピンポンに興じている七、八人が見えた。

径に沿って桜の樹が植えてあった。その一本の幹に蟬が止って鳴いていた。僕が近附くと蟬は鳴止んだ。蟬は手を伸せば届く所に止っていた。捕えようとしたら蟬は失礼にも、ちっ、と僕の手に水を垂らすと飛去った。

——シケイダ。

僕は悉皆忘れていた単語を想い出した。シケイダは失敬だ、と僕は考えた。

川上の吊橋の袂（たもと）で、僕は瀟洒（しょうしゃ）な建物を見た。石の門柱にはホテルと云う字が読まれた。いま迄見た四軒の宿がこの土地を代表するものだと思っていた僕は、ちょいと面喰わざるを得なかった。硝子張りの入口からロビイが見えるが、人影は無かった。ラジオか蓄音器か判らぬが、歌声が聞えた。確か、ラ・ヴィ・アン・ロオズとか云う唄であった。

——薔薇色の人生。

このホテルの所で川は大きくカアヴして川幅が広くなっていた。ホテルの下には、白く乾いた石ころだらけの河原があった。河原には釣をしている人が一人いた。僕は吊橋の傍から河原に降りた。近附いて行くと、釣をしている人はちょいと此方を振向いた。麦藁（むぎわら）帽子を被って浴衣掛の男であった。麦藁帽子の下から、大分、白くなった頭髪が覗いていた。魚籃を覗いて見たが、一匹も入っていなかった。

——どこにお泊りですか？

男は流の方を向いた儘云った。僕はNの宿の名を告げ、何を釣っているのかと訊ねた。

——鮠、と男は云った。尤も、一向にかかりません。

対岸の高い崖の上の道を、一台の青いトラックが通った。その後から赤いバスが来て停った、と思うと、窮屈そうに方向転換を始めた。僕がバスを利用したとすると、多分このバスで着いたことになるのだろう。方向転換を終えたバスから、運転手と車掌が降りて来ると、崖の上の白いペンキ塗の建物に消えてしまった。

——バスは茲が終点ですか？

——終点です、と男は僕を見た。いつお出でになった？

——さっき着いたばかりです、一時間ばかり前に……。

ホテルの方から若い男が出て来て、男に声を掛けた。

——先生、どうですか？

男は黙って首を横に振ったに過ぎなかった。釣する男は、ホテルの客かもしれなかった。僕は河原から路に上り、吊橋を渡った。それから、再び例のちっぽけな広場を通ってNの宿に戻った。どうやらこの散歩で、僕はこの部落の殆どすべてを見たことになるらしかった。帰ってみると、些か疲れていたから寝転んだ。寝転ぶと、窓から緑のなかの赤い屋根が見えた。

——あの家は何だい？

僕はNに訊ねた。Nの話だと、それはS市の或る大きな病院の院長の別荘だと云うことであった。S市から茲迄は、汽車で半時間、更に車で二十分、合計一時間足らずで来られる。院長はちょいちょいこの別荘を利用しているらしかった。尤も院長と云っても、病院は殆ど息子に任せ切りらしく暢気な身分らしかった。

——この川でよく釣なんかやってるよ、とNは云った。腕前のほどはよく判らんが……。

僕は河原で釣をしていた男を想い出した。僕は知らぬ間に、或るメロディを口誦(くちずさ)んだ。

——薔薇色の人生。

その夜、僕はNと酒を飲み遅く迄話し込んだ。僕等は愉快な時を過した。Nは何やら霊魂不滅を本気で信じ込んでいるらしい口吻を洩らし、剰(あまつさ)え幽霊の存在も肯定し兼ねない口調で僕を煙に巻いた。川の音が絶えず僕等の話の伴奏をした。

寝る前、僕は川に面した窓を開いた。夜になると冷えるから、窓は閉めてあった。窓を開くと川の音は急に高くなった。川は黒かった。対岸の山も黒かった。僕は一面の闇を眺めた。Nに云わせると、この闇のなかに無数の神秘が隠されているに違いなかった。しかし、僕は何も発見出来なかったから、もう一つの窓を開いた。

そして、僕は発見した。上方一面の黒い斜面のなかに一つの灯影を。それは例の赤屋根の別荘の灯に相違無かった。

——いつの間に点いたのかしらん？

と、僕は考えた。

——院長はまだ眠らないのだろうか？

と、僕は考えた。

僕の推測に依ると、河原で釣をしていた男はNの云う院長に他ならなかった。と云うのは、Nが僕に告げた院長の風貌は、その儘河原の男に適用出来たから。僕は闇のなかの灯影を少しの間眺めて、それから、窓を閉めると眠りに落ちた。

翌朝、僕は遅い朝食を済せると散歩に出た。

川下の吊橋の手前で、僕は赤屋根の別荘を見上げた。別荘の窓は閉されていた。院長はまだ眠っているのかもしれない。僕は昨日と同じ路を歩き、川上の吊橋の所で河原に降りてみた。釣をしている人はいなかった。僕は流に石を投げた。五つほど投げてから引返そうとして、僕はちょいとばかり驚かぬ訳には行かなかった。

——これはどう云う訳だろう？

ホテルの河原に面したヴェランダに院長が――或は院長に他ならぬ筈の男が、椅子に凭れて坐っていた。その様子からすると、彼は当然ホテルの客としか思えなかった。彼は何か考え込んでいるらしかったが、眼を上げて僕を認めると声を掛けて来た。

――散歩ですか？

僕は少しヴェランダの方に歩み寄った。

――今日も釣をなさるんですか？

――他にすることも無いから、と彼は云った。そうなるでしょうな。

僕は僕の疑問を解決したかったが、そう簡単に訊けるものでもなかった。しかし、幸いなことに、このとき彼は良かったら少し話して行かぬかと誘った。何故そう云ったのか判らないが、他にすることも無いためだろうと僕は解釈した。

僕がホテルのロビイに這入って行くと、彼は奥の方から出て来た。僕等は川に面した大きな窓の近くの椅子に向い合って坐った。窓の外には赤と黄のカンナが咲いていて、カンナを揺する川風が窓から絶えず流れ込んで来た。彼は僕が初めてこの地へ来たことを知ると、この地方の歴史のようなものを話して呉れた。それはNが僕に話して呉れたのと大差無いものだったが、僕は知っているなぞと失礼なことは云わなかった。

――よく茲へ来られるんですか？

――ちょいちょい来ます、と彼は云った。

――いつも、と僕は訊ねた。茲にお泊りですか？

――そうでもない、と彼は何故か苦笑した。実は茲に別荘みたいなものを持っていましてね、そっちへ泊ることが多い。

僕は烟草に火を点けた。僕は満足した。疑問の一つが解決出来たから。僕は彼に、その別荘なら知っていると告げた。彼はちょいと驚いたらしかった。

――ほう？

僕は最初その別荘に興味を持ったこと、及びNの説明を聞いたことを話した。彼は点頭(うなず)きながら聞いていたが、何も云わなかった。

――僕の部屋の窓から見えるんですよ。

――ほう？

昨夜は遅く別荘に行かれましたね？　しかし、この質問は差控えることにした。院長は吊橋の方を見ていた。しかし、吊橋には午前の陽射が落ちているばかりで、何ら変ったものは見られなかった。

――若い裡は、と院長が独言のように云った。いいですね、羨(うらや)しい。全く羨しい。

僕は彼の白髪と皺の多い皮膚を見た。

僕は一時間ばかり彼と話してから、ホテルを出た。それ迄に、僕は彼が僕の来た日の午前このホテルに着いたこと、更に二、三日はホテルに滞在する予定であることを知った。何故別荘に泊らずにホテルに泊っているのかそれは判らなかった。恐らく、食事や何かで不便を感ずるためかもしれない。別れ際に彼は妙なことを云った。実を云うと、自分は所用で上京したことになっているのだ、と。

——はあ？

僕はちょいと面喰った。

僕は吊橋を渡りながら、振返った。ロビイには誰もいなかった。吊橋の袂に一台、いい車が停っていた。車を拭いていた若い男は僕に燐寸(マッチ)が無いかと訊ねた。僕はホテルで貰った燐寸を差出した。

——うちの燐寸だ。

と若い男は呟いて笑った。お蔭で、その車がホテルの車だと判った。更に、これ迄院長が食事をするためにホテルを利用したことは何度もあるが、泊るのは今度が初めてだと云うことも知った。

——いい車だね。

若い男は笑った。

——これでちょいちょいS市迄飛ばすこともあるけれど、と若い男は自慢した。実に快適ですよ。

——S市迄？　遠いんじゃないのかい？

——なあに、直ぐですよ、と若い男は髪を撫で附けた。院長先生だって大抵車で来られるらしいですよ。

僕は若い男と別れた。


その夜、僕は部屋で本を読んでいた。すると話声がして、庭の方からNが院長を案内して現れた。

——散歩の序(ついで)に、と院長は云った。ちょっとお寄りしました。

僕等はNも交えて暫く話をした。Nは例に依って超自然界に就いてお喋りして僕と院長の頭を怪訝(おか)しくさせた挙句、用事があるからと退散してしまった。僕は窓から別荘の方を見上げた。一面の闇であった。

——なかなか面白い方ですな、と院長はNのことを云った。お邪魔じゃありませんか？

——いいえ。

——超自然の話じゃないが、と院長は云った。こんな話はどうですか？

院長は反応を計るらしい顔で僕を見た。それから次のような話をした。

……大きな屋敷があって、そのなかに全然使用していない建物がある。使用していないから、無論、灯も点かない。或る日、その屋敷の主人は庭を歩いていて、使用していない建物の窓の下に一匹の蟬の死骸を発見した。彼は蟬が死んでいるなと思ったに過ぎなかった。その事実は、気に留めるには余りにも些細なことに違いなかった。

……それから何日かして、或る晩、彼は窓に虫が激しく打つかる音を聞いた。その虫が蟬か甲虫か黄金虫か、それは判らなかった。それは判らなかったが、彼は彼の何気無く看過した些細な事実が急に重要な意味を帯びて来るのに気が附いた。蟬が窓の下に死んでいたのは、窓に打つかって死んだのではなかろうか？　窓に打つかって――当然、その窓のある部屋には灯が点っていたと考えられねばならない。日頃全く使用しない建物の筈なのだが――……。

僕はまだ続くものと思っていたが、院長の話はそれで終になってしまった。

――どうです？　と彼は云った。

僕は考えた。――蟬の死骸。シケイダは失敬だ、と。何故そんな話をしたのか、僕には判らなかった。

――それで、どうだったんですか？

──いや、と彼は苦笑した。どうだったのか私にも判っておりません。

院長が帰ると云うので、僕は一緒に庭先迄出てみた。

僕は愕然とした。別荘に灯が点いていた。院長は無言で、灯影を見ているらしかった。暗くて表情は判らなかった。僕も何も云わなかったが、瞬間ではあるがNに共鳴したいような気持を覚えた。

──あの窓の外に、と院長は云った。明日の朝、蟬が死んでいるかもしれない。

院長は低い声で笑った。しかし、僕は笑わなかった。僕は黙っていた。夜の風は冷たく、川の音が喧しかった。僕は気が附いた。他愛も無いことだ、と。院長の家族がやって来たに相違無かった。僕は笑って云った。

──おうちの方が見えたようですね？

──そうかもしれません、と院長は云った。上京している筈の私が顔を出すとまずいだろうな。

院長は、じゃ、と云って歩き出そうとしたが、立停ると此方を振返らずに訊ねた。

──昨夜はどうでした？

──昨夜？

──灯が点いていましたか？

——昨夜は、あなたが泊ったんでしょう？

——灯が点いていたんですね？

——点いていました。

——おやすみなさい。

と、院長は云った。

院長の言葉から判断すると、院長は昨夜ホテルに寝たとしか考えられなかった。じゃ、何故、夜遅くなって別荘に灯が点ったのか？　僕には見当が附かなかった。床に就く前ちょっと顔を出したNに、僕は院長の家族が別荘に来たらしいと告げた。Nは妙な顔をした。Nもよくは知らないらしかった。院長の家族と云うのは医者の息子夫婦と院長の二度目の若い細君だけで、その連中はこんな山のなかはお気に召さぬらしく、嘗て一、二度来たことがあるが、その后絶えて姿を見せぬらしかった。

——しかし、灯が点いてるんだが。

——そりゃ、院長が点けたのさ。

Nはいとも簡単に断定した。僕はその断定を別に訂正もしなかった。

——それとも、とNは脅かすような声で云った。幽霊の仕業かもしれないぜ。

——幽霊が電気を点けるのかい？　スリッパでも穿いてるかもしれないな。

——そうさ、とNは云った。足のある幽霊だっているからね。まあ、まあ、せいぜい怕(こわ)い夢でも見るんだな。

僕はもう一度、窓から別荘の方を見たが、もう灯は見えなかった。誰が眠っているのだろう？　僕は床のなかで本を読続けることにした。それは或る野心家の一生を描いた至極面白い伝奇物語であった。僕は時の経つのを忘れて活字に眼を走らせていた。

——……？

そのとき、僕は車のドアが閉るような音を聞いた。それから、車が走り出す音を。時計を見ると、もう四時に近かった。都会なら一向に珍しくない。しかし、こんな山のなかでその頃車を走らせると云うのは大いに不思議に思えた。或はそれは僕の幻聴かもしれなかった。僕は耳を澄した。河の音が聞えるに過ぎなかった。

翌日、僕が起きたのはもう昼近い頃であった。僕が眼を醒したのを知ると、Nがやって来た。

——よく寝るな、とNは云った。天下泰平と云う所だな。

——遅く迄本を読んでたもんだからね。

——車が落っこちやがってね、とNが云った。いま、大騒してる最中さ。

——車？

──うん、トンネルの先のカアヴの所でね、あそこは慣れないと危いんだ。Nの話だと、その車には二人の男女が乗っていて、男が運転していたものらしかった。カアヴの所で運転を誤ったものらしく、車は三十米ばかりの高さの断崖から、真逆さまに下の渓流に墜落して大破した。無論、二人の男女は死んでいた。即死したに相違無い。今朝、十時頃、山へ這入ろうとした男が車を発見して報告したので大騒になった。

──乗ってたのは誰だい？

──それはまだよく判らないらしいんだ。しかし、車はS市の奴で自家用らしいな。それから、Nはどうも判らないことがあると云った。大体、落ちた場所から見て此方から出発したと見て間違無いが、そんな男女を泊めた宿は一軒も無いことだ、と。

──宿屋じゃなくたって泊る所はあるだろう？

──そんな所あるもんか。

──別荘はどうだい、この上の……。

Nは黙り込んだ。Nは黙った儘僕の顔を見ていた。それから、額を片手で叩きながら行ってしまった。

僕は朝食兼昼食を済すと散歩に出た。川下の吊橋の所で、僕は別荘の窓が閉っているのを見た。川上の吊橋の所で、僕は河原で釣をしている院長を見た。僕が近寄って行くと、院長はちょいと僕を振返った。

——昨夜はどうも。

僕は魚籃を覗いてみた。一匹も入っていなかった。

——車が墜落した話、お聞きになりましたか？

——ああ、と彼は流を見た儘云った。さっきちょっとホテルの主人に聞きました。

——S市の車だそうですね。

——そう聞きました。

一台の自転車が吊橋を渡って来た。自転車の男はホテルの前で自転車を降りると、ホテルに這入って行った。間も無く、ホテルから一人の若い男が河原に走り出して来た。昨日、車を拭いていた男であった。

——先生、と彼は院長に云った。ちょっと主人が来て頂きたいと申しておりますが。

院長は訝るらしい顔をすると、若い男に釣の道具を持って来て呉れるように頼んでホテルの方に歩き出した。しかし、振向くと、僕の傍に歩み寄った。

——いつ迄いますか？

——明日帰るつもりです。

——もしかすると、私は今日引揚げるかもしれません。

僕は河鹿の声を聞いた。院長は疲れたような顔をしていたが、僕の顔を見ると何やら揶揄するらしい表情を浮べた。

——昨夜はNさんから面白い話を聞きましたな。落ちた車を運転していた男は、案外、幽霊を見て驚いたのかもしれない。

そう云うと、彼は低声で笑いながらホテルの方に歩いて行った。僕はその後姿を見送った。僕の耳許で、若い男が云った。

——あの先生の奥さんが死んだんですよ、乗ってた車が崖から落っこって。

僕は黙って院長の後姿を見ていた。院長の姿は直ぐホテルのなかに消えてしまった。

——あのカアヴは危い所だね。

——なあに、と若い男は云った。危いもんですか。何故落ちたかさっぱり判りませんよ。酔っ払ってたのかな？

僕は内心考えた。——いや、幽霊を見たのだろう、と。

僕は若い男に別れると吊橋を渡った。吊橋を渡りながら、僕は口癖のようになってしまったメロディを口誦んだ。——薔薇色の人生。

その日の午后遅く、僕はNと二人、ホテルに行った。院長はホテルのいい車で帰ったと女中が云った。落ちた男女の方もS市に運ばれたらしかった。僕等はロビイでビイルが飲めるかどうか訊ねて、ビイルを飲むことにした。

――院長はどんな気持かな？　とNが云った。

――さあね。

――奥さんが死んだのは悲しいことだろうが、とNは云った。よその男と逢曳していたとなると面白くないだろうしね。

――どんな気持かな？　と僕は云った。判んないね。

恐らく、と僕等は考えていた。院長夫人は秘密を保つためにこの山のなかの別荘を密会の場所に選んだ、そして、車でやって来て、夜の明けぬ裡にまた車でS市に戻ることにしていたのだろう、と。

まだ夕暮にはならなかったが、川から吹いて来る風は少しばかり冷たかった。

――昔はよくビヤホオルで飲んだな、とNが云った。あの頃は面白かった。

――うん、面白かった。君は釣はしないのかい？

――釣？　しないこともないよ、とNが云った。院長よりは上手いだろうな。

――どうかね？

――いや、上手いさ、とNが云った。この上流に行くと岩魚が釣れるよ。

——釣ったことあるかい？

——釣ったことは無いが。

——上流に行くと高い山が見えるかい？

——高い山？　とNは考えた。ちょいと待てよ。

僕は来るとき車から見た、雪を頂く青い山を想い出した。低い山の間から見える遠い青い山はひどく美しかった。トンネルを抜けると大きなカアヴがあって、上に「危険」と朱い字で書いた札がぶら下っている。そこは危い。闇のなかを車を走らせて行くと突然ヘッド・ライトが何かを映し出す。何か思い掛けないものを。ハンドルを切損ずると、待っているのは断崖と墜落と死だけだ。しかし、そんなことは滅多に起らない。カアヴを曲ると遠く雪を頂く青い山が見えて来る。今度は左手に。僕はその山を明日再び見るだろう。

——高い山は見えないね。

と、Nが云った。

博士の目

山川方夫

■やまかわ・まさお　一九三〇〜六五

東京都生まれ。主な作品『親しい友人たち』『愛のごとく』

初出『ヒッチコック・マガジン』一九六二年五月号

底本『山川方夫全集』第四巻（筑摩書房、二〇〇〇年）

私がマックス・プランツ研究所にロレンス博士をたずねたのは、数年前の早春のある日である。たまたま、近くの大学で国際動物学会が開催され、わざわざ日本から参加した私は、高名な博士に逢える機会を逃したくなかったのだ。博士は、動物本能の——正確には、動物の内因性行動に関しての、世界的な権威である。たぶん、博士の名を知らない心理学者、ことに動物心理学者はいないだろう。

だが、そのとき私の印象にもっとも強くのこったのは、博士の目である。それは、茶色がかった明るく澄んだ色だったが、その奥にやさしく茫漠としたひろがりを感じさせて、すべての人びとをその底に引きずりこまずにはおかぬような、奇妙な深いものをたたえた目なのである。

ロレンス博士は、当時六十二歳、あたたかな大きな掌をもった老人で、遠来の私をこころよく迎えてくれた。学会で知り合った米国人の教授が通知してくれたらしく、博士は一人で研究所の門によりかかって私を待っていてくれたのである。

一見、田舎の村長さんみたいな、銀色の山羊鬚の生えた朴訥な風貌だが、隆い鼻、ひろい額は、さすがに世界的な大学者の品位をそなえていた。握手を交しながら、私はまずその微笑が、ひどくやさしい、親しみ深いものであるのに気づいた。

研究所の門を入って、私は呆れて立ち止った。マックス・プランツの名を冠したその研究所は、たしか国立のはずだったが、その規模の小ささと殺風景さは、私の想像をはるかに絶していた。……だだっぴろい曇った空の下に、小さな赤煉瓦造りの粗末な母屋が一つと、温室が一つ、物置のような小舎が三つ四つ、それぞれがひどく古めかしい外観をみせて点在して、ただ、それをとりまく疎林と畑地のある平坦な敷地だけが、ひろびろとどこまでもつづいている。それが、有名な「マックス・プランツ」の全景なのであった。

「……ここには、四季の変化しか変化がない。娯楽の設備もない」博士は、肩をならべ母屋の方へ歩きながら、私に笑いかけた。

「私は、独身のまま、ここに住んでいます。助手は三人だが、みんな結婚していて、細君もすべて動物学者なのです。だから私は六人の助手といっしょに、ここで観察と研究だけの毎日を生きているわけです。……近ごろの人、ことにアメリカの若い学者たちは、それを聞くとおどろきます。それでは、毎日が単調にすぎはしないか？　人なみの愉しみも味わわずに、どうして休息をとっているのか。あなたには、アイクもヤンキースもないのか？」

博士は肩をすくめた。

「……しかし、私は鳥や魚のよろこぶものをよろこんでいれば、それで満足です。かれらを飼い、世話をやき、観察しているだけで私は充分だし、せいいっぱいです。そして、それが私のただ一つの人間としてのよろこびなのです。……」

「立派なことです。私は先生を尊敬します」

と私は答えた。博士は手をひろげた。

「いや、そうじゃない。立派なことだなんて思わないで下さい」博士はいたずらっぽく笑い、私の肩をたたいた。「じつのことをいえばね、人間という動物は、私には複雑すぎ、高級すぎるのです。それだけのことです。私は、むしろ魚や鳥の仲間なのです」

砂利の敷かれた赤土の道を歩きながら、私は博士のその言葉に、なんとなく感動していた。とにかく、そのときはまだ博士は、私には、つねにおだやかな微笑をもつ、柔和な、すぐれた一人の老学者にすぎなかった。

午後の数時間を、私は博士とともに温室の水族館の中ですごした。博士は、水槽のほとんど一つ一つの前で立ち止って、詳細で興味ぶかい説明を加えた。私は時のたつのを忘れた。私は、鰭一枚の動きすら見逃さない老博士の観察の精細さと、尽きることをしらない深遠な知識、さらにその独自な理論展開のあざやかさに、心から感嘆した。よほど夢中になっていたのだろう、水槽を一廻りしたとき、私はへとへとに疲れていた。

「じゃ、こんどは家鴨をご覧になりませんか？　池に放し飼いにしてあるんですよ。どうです。散歩がてらに」

私の疲労を察したのか、「散歩」という言葉に力をこめ、博士は誘った。それは、そろそろ四時近い時刻だったろうか。

博士と私とは、研究所の建物の裏にまわり、疎らな雑木林の中に歩み入った。百米ほど進んだとき、正面に曇り日の光を受け、鏡を伏せたように輝く結氷した池の面が見えた。四月の初旬とはいえ、この地方はまだまだ冬の気候で、氷の上を吹いてくる風はかなり冷たい。葉を落した林の道に、ときどきかすかな音が立つのは、どうやら野鳥らしい。

池は、ちょうど一周四百米のリンクを思わせる広さである。真中に浮御堂のような小舎があって、博士を先に、私たちは氷の上をあるき、その小舎に入った。不思議なことに、家鴨はまだ一羽も見えなかった。

おそらく助手の夫人の一人だろう、一人の若い女性が、双眼鏡を首にかけて、喰い入るように窓から池の一角をみつめている。その方向を眺めて、やっと私は納得した。池のその部分は結氷を避けるために囲ってあり、その水溜りに、群をなして家鴨がいたのである。

女性は、微笑して私たちにかるくうなずき、すぐまた眼を双眼鏡にあてた。色の褪せたセーターにズボンをはき、寒さのためか彼女の頰は真赤だった。

「どうぞ、なんでも彼女に聞いて下さい」と博士はいい、腕を組むと家鴨の群のほうに顔を向けた。博士は、そして突然、焦点のない煙ったような眼眸（がんぼう）の顔になった。

後になって、私が恐怖に似たものを胸に閃かせて、幾度も思いうかべたのは、そのときの博士の目なのである。……だが、無論、そのときの私にはなんの恐怖もなかった。私は博士にいわれたとおり、雀斑（そばかす）のういた頰が赤い、そのまだ若い女性にたずねた。

「毎日、こうして観察していらっしゃるのですか?」

「はい」と、彼女は答えた。「毎日です。異常があると困りますので。……でも、なかなか先生のようにはすぐ発見ができなくって」

「じゃあ、一日に一度は数をかぞえられるわけですね」

「いいえ、そんなことはほとんどありませんの」

彼女はやっと双眼鏡から目を放して、私に笑いかけた。

「だいたい百三十羽くらいですわ。でも、先生は全部の鳥について、その顔、声、性質、癖などはもちろん、夫婦関係から健康状態まで、いっさいを手にとるように知っていらっしゃるので、一羽いなくなってもすぐわかるんです」

「すばらしい能力だ」

　私は感心して叫んだ。

「どうしてそんなに精しくおわかりになるんだろう」

「私にもよくわかりません。ただ私たちには真似のできない能力をおもちだと思うだけです」彼女は明るくいい、手をあげて氷の上に出てきた一羽を指さした。

「ひどく孤独でしょう？　あの雄は、最近失恋したんですわ。もちろん、これも先生から教わったんですけど」

　私たちは声を合わせて笑い、私はふと、声も立てず、化石したようにさっきの姿勢を崩さない老博士に気づいた。博士は、頰に微笑をうかべたまま、目はむしろこわいような静けさをたたえていて、あいかわらず、まるで遠くをみつめているみたいな深くぼんやりとした眼眸をしているのだ。それを動かさない。

「……私は、関係で見るのですよ」と、同じ姿勢のまま、博士はいった。「つまり、夫婦、親子、一族、そのうちの一羽に恋している他の一族の何、とグループごとにまとめて、全体を一つの関係としてとらえるのです。だから、一羽の異常がすぐにわかるのです。全体の動きから、異常をおこした一羽がどの一族の何か、すぐ見当がつきます。正常な状態にさえ慣れておけば、異常にはすぐ気がつくものです」

博士は、親しげな笑顔で私を振りかえった。目は、おだやかなそれまでと同じものに戻っていた。

「異常をおこした一羽は、たちまち疎外されて、他の鳥たちはその一羽をまるで相手にしません。……ご存知でしょうが、家鴨は、顔や外観より、声音でおたがいを認知します。そして、かれらの心の安定に障害をあたえるものを、ひどく敏感に排斥するのですね」

博士は言葉を切り、考えこむような顔になってつづけた。

「こんな例があります。あるとき、一羽の雄の家鴨が妙な行動を示して、家族の成員から排斥され、無視され、やがて完全にここでの家鴨たちの社会から、追放されてしまいました。ほどなくそれが死んで、私が解剖したのですが、どこかのハンターの流れ弾を受けたらしく、脳に傷があって、そこに腫瘍ができていました」

「ほほう」

私は興味をもって訊ねた。

「人間でいえば、発狂していたというわけですね？」

「まあそうです。違うルールを生きる存在だったわけです。家鴨たちは、そういう一羽にたいしてはじつに手きびしい。もっとも、人間だって同じことですがね」

「でも人間のほうが、まだしも義理だとか愛だとかで、いったん結んだ関係に引きずられる」と私はいった。「鳥たちには、関係はあっても絆はないのですね？」

博士は、微笑したままやや長く私をみつめていた。

「ひとつ、面白い話をしましょう」

と、彼はいった。

「まだ、仲間から排斥されたあの家鴨が生きていた頃のことです。……ある日、偶然に一人の婦人がここに見学に見えましてね。ミセス・デーヴィスという方でしたが、その人が、例の家鴨の声を聞いて、とたんに血相をかえたのです。そして叫びました。『ああ、あれは私の夫の声です！』そして、窓からその家鴨を見て、彼女は蒼白になって私にいったのです。『ああ、あれは私の夫の顔です！　私の夫の目です！』……私はおどろいて、その婦人にたずねました。するとその夫は、朝鮮で大脳に爆弾の破片をうけ、帰還したことはしたのですが、いつのまにかどこかへ行ってしまい、いまは行方不明になってるんです」

——突然、博士は池のほうを振り向き、手を口に当てて奇妙な叫びごえをあげた。あたりの静寂を映す鏡のような池の面に、それは二、三度くりかえされ、そのたびに疎らな林の梢に消えていった。

私は、博士がなにを叫んだのか、なにが起ったのか、見当もつかなかった。きっと私はただぼんやりとしていたのだろう。博士がその私の肩を小突いた。窓のほうを眺めるよう、目で合図をした。

私は指図されたとおり、窓から家鴨の群れている水溜りの方角をながめた。小さな一つの点がそのとき氷の上に飛び上って、左右に揺れながらまっすぐにこちらへと進んできた。それは、一羽の家鴨だった。張りつめた氷の上を、よちよちと歩きながら、けんめいな速度で私たちのいる小舎へと向ってくる。

「ご紹介します。……ミセス・デーヴィスです」

と、博士はいった。私は戦慄した。笑いもせず、博士の手は、あきらかにそのよちよちと近づく一羽の家鴨を指しているのだ。そして、博士の目は変化していた。その目は焦点がなくなり、明るく澄んだ茫漠とした視野の中に私をつつんでいた。私は、音もなく自分がその中へ、博士の目の奥にひろがるもう一つの世界へ、吸いこまれてゆくような気がしていた。私は、目をそらすことができなかった。

と、博士の目が動いた。窓枠に、いまの家鴨がとまっていた。

ふたたび、恐怖が私の全身をはしった。博士と家鴨とは、おたがいに同じ目で見合っていた。……私は呆然としてその二つの目をながめた。茫洋とした、しかし硬いガラス玉を思わせるような焦点のない瞳で、だが博士は、あきらかに一羽の家鴨の目をしていた。

双眼鏡の女性は、はじめと同じ姿勢のまま、知らん顔で熱心に観察をつづけている。私は全身が慄えてきた。

「……ご紹介します」

と、また博士はいった。私は、やっと呼吸を吐いた。博士の目は、あの親しみ深い老人のそれにかえっていた。博士は、例のおだやかな微笑で私に笑いながら、しずかな声でいった。

「この雌の家鴨は、人間のミセス・デーヴィスがここに来られた翌日、どこからか迷いこんできました。そして、この一羽だけが、脳に傷をうけ仲間はずれにされていたあの家鴨に、最後まで親切にしてやってくれたのです。それで私たちは、それいらい、彼女をミセス・デーヴィスと名づけたのです」

私が奇妙な夢を見たのはその夜である。いまも、私は明瞭にその夢をおぼえている。

――ロレンス博士が、机に向っている。窓の外は闇だ。深夜なのだ。その窓ガラスに、コツコツと音がひびいてくる。そこに一羽の家鴨がいて、ガラスを嘴でたたいているのである。

博士が振りかえっていう。

「ああ、ミセス・デーヴィス。もう時間か。……よし、いま行く。待っていてくれたまえ」

　そして博士は立ち上って、窓を開ける。家鴨と目を見合わす。

「さあ。呼吸ぬきに出かけようか。……とにかく人間というやつはうるさい。なにしろ、やつらがつくり上げ、やつらが犇（ひし）めきあっている世界の他に、世界なんてないと信じこんでいるんだからな。だが、私は君たちの仲間だ。君たちの世界こそ、私の世界なのだ。そこでこそ、私はくつろぐことができる。……さて、そろそろ君たちの世界へ行くとしようか」

　博士は手足を屈伸させ、ゆっくりと伸びをするように左右に手をひろげる。そして、あの茫洋とした深く澄んだ目つきになる。と、博士の姿はぼやけはじめ、濃い煙のようになってみるみる縮んでゆき、その中にあの二つの目だけが光って、いつのまにか、博士は一羽の家鴨に変身してしまっている。

　博士は、羽搏きをし、開かれた窓から闇の中に姿を消す。やがて、池の上で聞いたあの叫びが、鳴き交わすように裸木の林のあいだを縫い、池の方角へと遠ざかってゆくのが聞こえる。遠く、博士を歓迎する無数の家鴨たちの叫びごえが、かすかに、隠密なざわめきのようにはじまり、真暗な夜の奥に、いつしかその音の無いざわめきがみちあふれる——

　ホテルの一室で、私はびっしょりと全身に汗をかいて目ざめた。まだ闇に近い部屋の中を見まわし、私はしばらく博士のあの呪術的な茶色く透明な凝視が、どこからか私をみつめているような気がしていた。

やさしく茫漠としたあのひろがり、しずかな深い世界。私は、むしろ魚や鳥の仲間なのです。博士のそんな声が、どこかから聞こえてくるような気がしていた。――私は、そしてふと思ったのだ。明日、あの研究所の池の水溜りに、一羽の雄の家鴨がまぎれこむのではないだろうか。博士は、それに私の名をつけるのではないだろうか、と。……

生きていた死者

遠藤周作

■えんどう・しゅうさく　一九二三〜九六
東京都生まれ。主な作品『白い人』（芥川賞）『沈黙』（谷崎賞）
初　出『別冊小説宝石』一九六七年九月
底　本『遠藤周作怪奇小説集』（講談社、一九七〇年）

その夜、築地の料亭「福芳」の一室で、私たちはビールを飲みながら、鷗外賞と久米賞との発表を待っていた。

「そろそろ結論が出てもいいだろう」

A新聞社の佐竹さんが神経質な眼で腕時計をチラッとみながら立ちあがった。立ちあがって彼は座敷の縁側まで歩き、霧雨のまだ降っている庭をじっと見つめた。庭といっても三坪か四坪の竹と燈籠(とうろう)とをあしらった小さなものである。

佐竹さんだけではない。ここに集まっている二十人近い新聞社や週刊誌の記者たちは、予定時刻をもう一時間もすぎたことに皆イライラとしていた。発表が遅延すればするだけ、地方版へのニュースに記事がまわらなくなる。

「結局、岩井均の『フレッシュマン』か、別所二郎の『山峡』にしぼられているんだろ。秋山、村越、名和の作品、これらは初めにふるい落とされているんだからな」

「選考委員の古垣さんも結局岩井か、別所かのどちらかだろうと、今日、ここに来る前、言っていたしな」

相変わらずさっきから同じ話の繰りかえしである。文化部や学芸部の各記者の予想では鷗外賞は北海道の作家、延島英一がだれの眼からみても群をぬいているので確実だが、久米賞のほうとなると、岩井、別所のどちらかに落ちつくか、両者だきあわせにするかのいずれかだという点で意見が一致していた。

鷗外賞は言うまでもなく、明治の文豪、森鷗外を記念して創られた文学賞である。これはいわゆる純文学の作品にたいして与えられる。一方、久米賞は久米正雄を記念して四年前に設けられた大衆文学賞で、この二つがいわば文学青年たちが文壇に登龍するために狙う賞なのだ。

そして今夜、その二つの賞の選考がこの部屋の廊下を突きあたった広間で開かれていた。主催者側のF出版社の重役や局長、それに選考委員である六人の文壇の長老たちが、三時間前に、その広間に次々と消えていったが、まだその結果が出ないらしい。時々、廊下を仲居が通りすぎるが、今はその足音もきこえない。

「何をやってるんだろうなあ。だき合わせにすれば簡単なのに」

私と一緒にここに来た中山は舌打ちをしながら呟いた。私たちは新聞社ではない。中山は週刊誌「新時代」の編集者であり、私はそこの社員ではないが、社員と同じくらい仕事をもっているカメラマンである。

賞がきまる。きまれば、すぐ車にのって、それぞれの仲間をすでに待機させてある受賞者の家に飛んでいかねばならぬ。そして写真をとり、「受賞の感想」を聞き、それを早く原稿にせねばならぬ。なにしろこの二つの賞は、この四、五年前から小さな文壇の出来事というよりも一種のショーの役目をもつようになってきたのである。

「くだらんな。たかが新人の文士が一人生まれたからといって、ジャーナリズムがこう騒ぐのは……」

待ちくたびれたのか誰かが吐きだすように言ったが、誰も応ずる者はなかった。みんな、そうだと思っている。思っているが、こういう妙な習慣がいつの間にか世のなかにできあがってしまったのだ。むかしの鷗外賞などは、ひっそりと静かに与える者と与えられる者とが祝福したり悦(よろこ)んだりしたのだと、私も誰かから聞いたことがある。

霧雨が少し本降りになり、庭の竹が風にゆらぐ音がした。急に仲居たちが廊下を駆けるようにして通りすぎていった。

「おい発表らしいぞ」

とB新聞社の内山さんが太い眼鏡を指で鼻の上にあげながら、うしろをふりむいた。その時、襖(ふすま)があいてF社の重役である坂崎氏が入ってきた。額が汗でベットリと濡れ、ズボンの膝がすっかり丸くなり、いかにも疲れたという表情をしている。それがわれわれに選考会がひどく難航したことをすぐに感じさせた。

「どうも、大変、お待たせしましたな」

坂崎氏は巨体を少しかがめてわれわれに詫びた。

「とにかく、鷗外賞はすぐ決まったのですがね、久米賞が二つにわかれまして……。では、先に結論を発表しますか」

彼はポケットから紙をだし、それをかなり大きな声で読みあげた。

「第二十八回鷗外賞は延島英一氏の『砂丘』に、それから第四回の久米賞は……」

そこで坂崎氏は一息ついて、ニヤリと笑いながら、

「芙蓉美知子さんの『老残記』に決定いたしました」

瞬間、かるいどよめきとも、ため息ともつかぬものがわれわれの間で起こった。誰もが予想もしなかった結果だったからである。久米賞は鷗外賞とちがい純文学の賞ではないがこの受賞者は従来、新人といっても、長い年季を入れた人の中から選びだされていた。線香花火のようにパッと燃えてパッと消えるのでは困るのである。その点だれもが予想した岩井均や別所二郎は今日まで「文芸現代」や「小説の世界」で、もうかなり場数をふんできている作家たちだったのだ。その二人が落ちて、一人として考えもしなかった芙蓉美知子という女性がこの賞をひっさらったとなると、これはたしかにニュースだった。

「どうして岩井氏、別所氏が落ちたのですか」

「いや。岩井、別所の両氏は今さら賞をとられなくても十分、今後も活躍される人たちだからね。この際、思い切って新鮮な新人に久米賞を与えよう——こういう声が選考委員の先生たちからありましてな」

「それでその芙蓉さんという人がダーク・ホース的にもらったというわけですか」

「まあ、そういうことです」

皆はメモを出して坂崎氏の言葉に鉛筆を走らせていた。

「で、この芙蓉美知子さんなる受賞作家は、どういう女性ですか」

A紙の佐竹氏が鉛筆を動かすのをやめてたずねたが、これは皆がいちばん知りたいと思っている質問だった。名前はまだ文壇でもジャーナリズムでも誰一人として耳にしたことはないが、なにか絢爛（けんらん）とした花をわれわれに連想させ、興味を起こさすに十分だった。

「芙蓉さんですか。これは東京に生まれ、K大の文学部大学院にまだ在学中の女子学生です」

「へえー」

一瞬ひろがったざわめきに坂崎氏はうれしそうな笑顔をみせた。F社の重役である彼にしてみれば、この新受賞者がジャーナリズムに好奇心の波を起こさせればそれだけでも賞

をバックアップしているかいがあるのだ。彼はその効果を計るように、一息、間を入れて、

「経歴書によれば年齢、二十三歳、現住所、東京都世田谷区経堂町八〇八。小森方」

「美人ですか。その女性は？」

誰かのその質問に、皆はいっせいに笑ったが、

「さあ。それは」坂崎氏も苦笑して「皆さんが当人にインタビューして、目でたしかめてください。私個人の趣味では美しいお嬢さんですな」

われわれは部屋を飛び出た。玄関にある三台の電話にしがみつき批評家に受賞者についての原稿を依頼する者、表にまたしてある車に乗って芙蓉美知子の家に駆けつける者など、さまざまだったが、私と中山二人も、半分、眠りかけていた運転手に、

「世田谷経堂」

大声で怒鳴った。そして車が霧雨にぬれた車道を渋谷にむけて滑りだすと、私は愛用のカメラを調べ、中山は急いで彼女の受賞作品「老残記」が掲載された雑誌のページをあわててめくりはじめた。

「人気が出るぜ、この人は」

中山は拳を口にあてて言った。

「とにかく、美しい女子学生だろ。それが久米賞の受賞作家となると……世間がどっと騒

ぐにきまっている。明日から当分、彼女の写真が新聞や雑誌に欠かさず出るようになるな」

それから彼は雨のなかににじんでいるネオンの灯をじっと見つめながら、

「彼女はまだ知らんだろうな。今晩、彼女は昨日と同じように眠るだろう。しかし明日からすべてが全く変わるんだ。もう一人の女子学生じゃなくなる」

私はうなずいた。それがこの芙蓉美知子という新人作家の人生にとってよいことか、悪いことか、私にはわからなかった。こちらにとってはさしあたり、関心があるのは彼女のカメラ・フェースが美しくあってほしいという点だけだった。

経堂の駅のあたりはもう真っ暗だったが、四台の自動車が上町のあたりから同じ方向ばかりにむかっているので、それだけで芙蓉美知子の下宿を交番で訊ねる必要はなかった。なぜなら、これらのハイヤーはすべて彼女を訪問する新聞社、雑誌社の車だとわかっていたからである。

寝しずまった住宅街を通過した車は、やがてサインでも受けたようにいっせいにある地点までくると急停車した。そこが受賞者の下宿だった。玄関にはすでに灯があかあかとともり、先着者の黒い影がその灯の下で動いているのが見える。

「何だかいやになっちゃうなあ」中山はため息とも吐息ともつかぬ声をもらして「大の男たちが、たかが一人の小娘のために、こうして夜中まで働くんだから……」

彼女はわれわれが玄関まで雨にぬれながらたどりつくと、そこにきちんと坐って笑っていた。今までのいかなる女流作家のイメージからも遠い娘だった。こう言っては悪いが、私が今日まで写真に撮った女流作家といえば、まずオッかなかった。ごつかった。だが眼の前に坐って、記者たちの質問に答えている彼女をみた時、私には、

（これはいけるぜ）

しめた、という職業的な悦びが胸にいっぱい広がったのである。彼女はうつせる顔だった。魚をつりあげた時のような快感を味わいながら、私は中山が質問をしている間、右、左から芙蓉美知子の横顔にむけて、幾度もシャッターを切っていた。その顔は小説家ではない私には巧みに描写できないが、むかし東宝の女優だった牧規子という女優に似ていた。そして彼女自身もカメラを意識しているのだろう。たえず、ポーズを少しずつ変えて私にうつしやすいような姿勢をとってくれていた。

「これからも小説を書かれるつもりですか」

「わかりません」と彼女は笑いながら言った。「楽しければ書きます。楽しくなければ書きません。楽しくないことは、したくないんです」

「どんな先輩作家に会いたいと思いますか」

「だれにも会いたいと思いません」

「なぜ」

「だって……」

中山の質問にこの新受賞作家は困ったような表情をチラッとみせたが、思い切ったように言った。

「だって、文士なんてどれもウスぎたないものですもの。お目にかかったって一つも面白くないでしょう」

「え？」中山はさすがに驚いて言った。「面白くないって？」

「あたし、あんまり好きじゃないんです。いつも世界の苦悩を一身に背負ったようなカオをしている人たちって。だってあの人たちそのくせダンス一つできないんでしょ」

そこにいた四人の記者たちは思わず苦笑した。その表現は日本の文士先生たちを評してある面で当たっていた。当たっていたのみならず、今まで誰もが口に出さぬことだったからである。

中山の頰がピクピクとうれしそうに動いているのに私はさっきから気がついていた。この男と一年も一緒に仕事をやれば、どういう時にどういう表情をするかぐらい、わかるのである。彼も私と同じように「しめた」と思っているのだ。無邪気なのか無知でこわいもの知らずなのかわからないが、文学賞の新受賞者が日本の文士などはすべてウスぎたなく大きらい、とハッキリ言ったのである。これだけでも記事のキャッチ・フレーズができる。

中山がうれしそうな顔をするのも無理なかった。

「小説のほか、あなたのやっていらっしゃることは?」

「あたし。何でも手だしたんです。スポーツなら得意ですけど。水上スキーなんか大好き」

私たちはインタビューを終えて霧雨のなかをふたたび車に戻った。おのおの車に戻りながら記者たちはしみじみと呟いていた。

「変わったねえ。文壇も……」

「あれが新しい形の作家なのかなあ。死んだ井沢さんのような旧文士が聞いたら怒るだろうなあ。賞をとりあげるって」

中山と私とは週刊誌の仕事だから、文壇が今後どうなろうと、文学がどう変わろうと知ったことではなかった。

「こりゃあ、やっぱり、話題になるぜ」

中山はメモをポケットにしまいながら車のなかで叫んだ。

「明日のアサ刊にどう出るか、楽しみだ」

　中山の言ったとおりだった。翌日のどの朝刊にも「時の人」「話題の人物」そういった欄には芙蓉美知子の花のように華美な笑顔がのっていた。そして彼女があの玄関ではっきりと言った言葉を三つの新聞がキャッチ・フレーズに使い、この無邪気な挑戦が文壇の先生にどういう反響をよぶかを見守っているようだった。

「この娘、演出しているんでしょうか。自分を」

　翌日、私が編集部に昨夜撮った写真をもって出かけると、編集長の久保さんが新聞をひろげながら中山と話していた。

「ぼくにはそうとも思えるんですよ。旧文士などウスぎたなくて大きらいなどと、反響のありそうな発言をして……この娘、自分をさらに目だたせようとしているんじゃないんですか」

「うむ。そうかもしれん。しかし、俺は今日、ここに来る途中」と久保さんは机の上の一冊の雑誌を指ではじいて「これに載っている彼女の受賞作品を読んだのだが」

「へえ、それで、どう思われました」

「A紙で評論家の平山寛氏なども言っているように、かなり、人生体験のできた眼でものを見ている人だ。構成だってしっかりしているし、文章だっていくぶん、古風なぐらい正確なんだな。こういうものを読むと、今までばかにしていた若い連中もちょっと、見なおすよ」

久保さんの話によるとその「老残記」という作品は昭和の始めから神戸に住みついた一人の米国人の生涯を描いたもので、彼は日本を愛するあまり日本人の女性と結婚するが、戦争中、友人の日本人や妻からも捨てられ、収容所で寂しく死んでいくという話だそうである。

「ストーリー・テラーとしての才能は非常なもんだ。とても二十代の娘とは思えない」

「じゃあ、久米賞の受賞作家としてもってこいですね」

久保さんは私が撮ってきた写真をパラパラと見た。そして、

「この娘がねえ……この娘がねえ」

と幾度も呟いた。

「どうしたんですか」

「いや。この写真をみると、芙蓉美知子の顔には暗さとか影らしい影が全くないだろう。作家というものは、いくら快活を装ってもやはりどこかジメジメした影があるものなんだがねえ。……」

私も中山も改めてその写真に眼を落とした。昨夜、あの下宿の玄関で私のカメラを意識しながら微笑んでいた彼女の横顔がそこにある。たしかに久保さんの言うようにジメジメした影がない。

その年の鷗外賞受賞作家が気の毒なくらい、地味に扱われたのにたいし、久米賞の芙蓉美知子はただちにジャーナリズムをにぎわせはじめた。第二作こそまだ書かなかったが、週刊誌はスターなみに彼女の写真をのせはじめた。編集部の希望のためか、それとも彼女の意志からか、机にむかって原稿用紙や本をひろげるというカビのはえた作家的ポーズではなく、ボーリングをたのしむ若い美人作家であり、大学のテニスコートで白いショートパンツをはき、ラケットで白球を追っている彼女の姿だった。

週刊誌だけでなくテレビにも彼女は時折り、引っ張りだされた。私は朝のモーニングショーでKという司会者にニコニコしながら答えている彼女を見たが、その時の問答は大体、次のようなものだった。

「毎日がたのしいでしょう」

「ええ、毎日、たのしいですわ」

「小説のほうの第二作は書いていられますか」

「しかし第二作を書きながら、生活のほうもエンジョイしていられるわけですね」

「ええ。小説だってそれだから書くんです」

「じゃあ、楽しくなくなったらお書きになりませんか」

「もちろん、やめますわ」

「そんなことをおっしゃると文壇のコワい先生たちに叱られませんか」

「叱る？　叱られたって平気だわ。あたしとああいう方たちとは年齢も考え方もちがうんですもの。コワくなんかないわ。一向に」

「あなたが好きな作家は？」

「フランソワーズ・サガン」

私はそのテレビを見ながら、突然「畜生」と叫んだ。なぜ自分が畜生と叫んだのかわからない。おそらく、この芙蓉美知子という娘に一種の羨望と嫉妬心とを感じたからだろう。正直いうと、私自身もこういう生き方をしてみたかったからだろう。こういう発言をしてみたかったからだろう。畜生という言葉の裏にはこの娘にたいする憧れがあったのかもしれない。

だから私は久保編集長から次の号にこの才女の一日を撮影してこいと言われた時は嬉し

かった。

あの日のことはまだ憶えている。中山と私とはもちろん彼女の了解をえてその半日をうしろについて歩いた。

「でも、大学のなかで撮る時は、あまり派手にやらないでね。でないと、睨まれるの。先生たちに」

「わかってますよ」

大学の構内で十枚ほど撮った。それから彼女が友だちたちとスナックでハンバーグをたべているところも撮った。それからこれは多少の演出でもあったが中山の意見で赤坂の穴ぐらバーで、ゴーゴーを彼女が踊っているところを加え、最後に隅田川の川っぷちを一人、考えこみながら歩いているポーズもカメラにおさめた。つまり「花やかで、そのくせ一人ぽっちな芙蓉美知子」というイメージをこの写真から作りあげようとしたのだ。なぜなら、それは次第にできつつある彼女のファンが望んでいるようなこの才女の姿だったからである。

「小説家もこうなるとスターだね」

私はシャッターを押しながら、中山に何気なく言った。

「同じ今年の受賞者でも鷗外賞のほうはパッとしない。もう作品の世の中じゃないんだな、小説家も雰囲気なんだよ」

「それがどうして悪い」中山は急に怒ったように言った。「俺は彼女の生き方の方が好きだよ。天下の苦悩を自分だけが引きうけているような文化人や作家のポーズにくらべればずっと清潔だよ」

私はちょっとおどろいて中山の顔をみた。中山は芙蓉に少しイカれているなと思ったからである。

「たのしかったわ」

別れる時、彼女は中山の手ではなく私の手を握った。私は芙蓉美知子がまるで中山と私とを競争させようとしているのではないかと思った。

写真の現像と焼き付けはその夜、すぐ終わった。翌日、久保編集長はそれを一枚一枚、えらびながら、

「相当、カメラを意識してるな。彼女、ちゃんと自分をうつくしく見せるポーズをとっている」

「そりゃ女ですもの。当たり前でしょう」

中山は私の顔をチラッと見ながら言った。だが久保さんはそうした中山の心の動きには気づかずに、写真をじっと見つめていたが、突然、

「おい」

と声をあげた。

「おい、この男は誰だね」

「男？　そんなの知りませんよ」

「見ろよ。この男だ。穴ぐらバーでも隅田川の川っぷちにも大学の構内にも、この男がうっているのに、気づかなかったのか」

私は写真を手にとった。久保さんの言うように、三種類の写真には、一人の男が遠くに立っていたのだ。何げなくこちらに気づかれぬようなポーズで別の方向に眼をむけてはいるが、あきらかにカメラに神経を集中している。

それは五十歳をとっくに過ぎた見すぼらしい男だった。写真ではその顔はわからない。しかし背丈は中肉中背で貧相な洋服を着ている、のみならず、その一枚であきらかに彼の顔はうすら笑いを浮かべているように見える。

「ふしぎだな、今まで気がつかなかった、このオッさん、偶然に入りこんだのでしょうか」

「そうかもしれん。だが……俺、この顔には何か記憶があるような気がするんだ。おい。芙蓉美知子の写真の載っている週刊誌を全部、ここに持ってきてみろ」

五分後に女の子に持って来させた幾冊かの週刊誌をひろげたが、そこに掲載されている彼女の写真にはこの妙な男は一つも発見されなかった。つまり私がうつしたものにだけ彼が亡霊のように立っていたのである。

「こいつ、年甲斐もなく芙蓉のファンになって、あとをつけてきたのかな。初老の親爺のくせにイヤらしい奴だ」

中山は冗談めかして言ったが、その声の裏には何か怯えたものがふくまれていた。

「中さん、私立探偵かもしれん」

「ばかな、彼女がなぜ探偵などに尾行される理由がある」

我々にはいくら考えてもその理由がつかめなかった。結局、これは偶然として解釈するほかはなかった。だがその夜、私と中山とが行きつけの飲み屋「お幸」で酒を飲んでいる時、突然、久保さんから電話がかかってきたのである。

「話がある。そこで待っててくれ」

「冗談じゃありませんよ。もう何時だと思っているんです」

私が受話器をとりあげ、駄々をこねると、

「たのむから、そこで待っててくれ」

久保さんの声はこちらの耳のせいか、妙に切迫して震えているように聞えた。その切迫した調子に押されて思わず、うなずいた。

「一体、こんなに遅く何だろうなあ」

私の頭には今日の写真の男のことが浮かんだ。中山も同じことを考えたらしく、二人は一瞬顔を見合わせて黙った。

二十分後、「お幸」の前でタクシーがとまる音がした。久保さんが眉と眉のあいだに皺をよせながら縄暖簾を片手でもちあげるようにして中に入ってきた。彼は私たちの横に坐ると黙ったまま煙草の袋をとりだし、火をつけた。

「どうしたんです。今頃」

「訊ねたいことがある。今日の写真のことだが、あれは誰が現像した」

「ぼくですよ」私はポカンとして「何かいけなかったのですか。ぼくの助手の矢口が今日、病気で休んだから、ぼくが自分でやりましたよ」

「ネガを誰かに渡したか」

「いや。そんな憶えはありませんね」

久保さんは片手で頬のあたりをこすった。その動作は無遊病者のようにのろのろとしていた。

「藪から棒に……何が起こったんです」

「わからんが。今日の写真のことだ。あの写真に出ていた男……どこかで見たような気がしていたんだが……二時間ほど前、突然、編集室で思い出したのだ。あれは露口健三だよ」

「露口健三? 誰ですか。その人は」

私たちがそんな名前は聞いたことはないと言うと久保さんは不機嫌な顔をして、

「露口と言うのは戦争中に右翼的な傾向の小説を書いて、一時、名を売った小説家だ。もともと彼は共産党の党員だったんだが、警察で拷問をうけて転向してから、急に反共的な右翼の考え方をするようになってね」

「じゃあ、思想的に節操のない男ですね。その露口というのは」

久保さんはちょっとだまった。そして、

「だが、彼はストーリー・テラーとしてはかなり才能のある男だった。内容は貧弱だが、とにかく、面白く読ませるものを書いたんだが……戦争が終わればもう、そういう日和見(ひよりみ)的な人間はいかに筆達者でもジャーナリズムが相手にはせん。彼はいわば、映画界でいう〝ホサれた〟形になってね。もう自分の小説を発表する場所も機会も与えられなくなったのだ。ジャーナリズムというのは君らも知っているように結局はきびしいからね」

「でもその露口という男がなぜ、写真にうつってたんです」

と、久保さんの顔に暗い陰鬱な影が浮かんだ。これは彼が考えあぐねている時、みせる表情である。私は返事を促すように、その顔をじっと見つめているうち、突然、ある想像が心のなかに起こり、

「まさか……」

私がそう叫んだと同時に中山が同じようにハッと顔色を変えて、

「じゃあ芙蓉の小説は、その露口が代作したと言うんですか。そんなばかな」

「俺もそう思った」久保さんはひくい声で呟いた。「そう思って、もう一度、彼女の『老残記』を読みなおしてみた。そして……これはあきらかに露口の文章で文体だと思った」

彼は上着の内ポケットから二つの印刷物をとりだした。一つは芙蓉美知子の作品であり、もう一つは印刷のひどく悪いコピーである。

「見なさい。これは露口のむかしの作品をさっき複写器にかけさせて持ってきたんだ。露口はいつも体という字を軀にしていたが芙蓉もそうだ。有難い(ありがたい)という字を難有という昔風の使い方をしている点でも同じだ。一つ一つ言わないが漢字のえらび方がひどく似ている」

「それなら、ぼくは今から、その露口に会ってきます。そして芙蓉美知子からも話を聞いてきます」

「しかし、それができないんだ」

久保さんは妙に怯えたような眼でわれわれをみた。

「なぜです」

「露口は戦争が終わってから五年目に死んでいるんだよ」


雨だった。われわれを乗せた佐渡行きの船は一時間前に新潟港を出港したが、まだ左右は暗い黒い海で、しかも波がかなり荒れていた。船に弱い船客は船室の畳の上で苦しそうに伏せっていた。ペンキと油との匂いが余計にその気分の悪さを増すにちがいない。

若いわれわれはそれでも、人の息の臭いがこもった船室よりは荒々しく風の吹きつけるデッキのほうがよかった。雨の吹きつけるのを我慢しながら中山は雑誌をめくっている。その雑誌には芙蓉美知子の第二作「鉄は熱いうちに」が載っていたのである。

私たちは今から佐渡の両津をたずねるところだった。両津は露口健三が戦後、わびしく家族と住んだ故郷である。本当に露口が死んだのならば、両津にその墓があるだろう、その臨終に立ちあった親類もいるだろう。そして彼が今、どこで何をしているかも、わかるだろう。久保さんもそう考え、われわれもこの真相をはっきり確めたかったのである。

「どうだい。読んだか」

「すぐ読み終る」中山は唇を噛んでうなずいた。「あと二ページだ」

「出来はいいのか」

「いい。賞をもらった小説より面白い」

「で……」私はちょっと、言いよどんだ。

「やっぱり、露口の文体なのかい」

中山は返事をしなかった。返事をしないということは彼が私の質問を肯定したことだった。

「そうか」

私たちはそれから沈鬱な海を見た。荒れた日本海の波は冷たそうで、ただ白い波頭だけが遠くまで渦まいていた。

四時頃、両津に着いた。雨にぬれた埠頭に二、三人の客引きが寒そうに立っている。海猫(うみねこ)が嗄(しゃが)れた嫌な声を出して、海につづく湖の霧のなかから飛んできた。

土産物屋が暗い灯をつけている通りの店はどれも軒がひくかった。それは晩年の露口を思わせるような陰気な漁師町だった。私たちは魚喜多という寿司屋で食事をとると、すぐ露口が死んだという家をたずねた。が、その家も今は文房具店になり、埃(ほこり)のたまったインクや小学生用のノートが灰色の棚に並んでいる。

女店員が主人を呼びにいった。そして出てきたのは露口健三の兄だった。額に赤い染(し)みのような痣があるのが特徴的だった。

「弟のことで、何か」

われわれの名刺を受けとる彼はオドオドしながら訊ねた。そのオドオドとした態度から彼が弟に今日までいろいろな迷惑をかけられてきたような気がした。

「弟さんは、この家で亡くなられたのですか」

写真の件はまず伏せて私たちは露口健三が本当に死んだのか、どうかを確かめた。

「はあ、ここで死にましたが、元々、あれは胸が悪かったのですが、戦後、仕事がなくなりまして、その無理がたたったんでございましょう。この店の裏に、むかしありました家で死にました」

「亡くなられた時、あなたはお立ち会いになったのですか」

お立ち会いになったという中山の言い方がおかしかったが、兄はうなずいて、

「はあ。私もここにおりました。あの弟のことがまた、雑誌に載るんでしょうか」

「それはまだ決まっていませんが、物故した作家の資料をわれわれは今、調べてましてね。お墓はどこです」

「法山寺です。町のはずれにあります」

私は久保さんにそれを見せるため、写真をとっておきたいと思った。そう言うと、露口

の兄はさっきの女店員に、

「おい。ノブちゃん。それじゃあ、法山寺に電話かけてくれ。お客さんが二人、それにわしが今から行くとなあ」

だが中山は首をふって、自分はもっとここに残って話を伺いたいからと言い、結局、私だけがその墓をたずねることにした。女店員につれられて細長い町をぬけた。ぬけるとそこが加茂湖とよぶ湖につづいていた。湖というよりは葦のはえた沼で、霧が一面にたちこめ、さきほどの海猫が声をあげて舞っていた。

湿った土にすべりそうになりながら、露口家之墓と彫った墓を五、六枚とった。あの小心そうな兄が嘘をついているとは思えない。私だって写真家の端くれだ。どんな眼が嘘をつく時の眼か知っていた。

写真を撮り終えて、煙草を一本、吸い、また町に戻ると、夕暮れでさらに暗くなった通りのむこうから中山が兄に伴われてやってくるのが見えた。

「どうもお邪魔しました」

われわれは形式的な礼を言い、兄に別れた。別れぎわに女店員が走ってきて紙包みをわれわれに渡した。佐渡土産の竹細工だと言う。

「収穫はあったか」

「露口が死ぬ前に書いていた日記帳を借りてきた」

中山は自分の小さな鞄を指さした。また降りはじめた雨がその鞄をぬらしはじめていた。港の待合室で彼が切符を買っている間、私は彼の鞄をあけてその古びたノートを取りだした。そのノートはさっきの通りにあった文房具店の埃のたまった棚に並んでいたものを私に思わせた。あの店で露口もこのノートを買ったのだろうか。

十二月二十一日（曇）熱、八度。咳、多し。

十二月二十二日（雨）熱、八度。食欲なし。夜、激しい寝汗。

十二月二十三日（曇）寒さ厳し。熱、七度六分。妻、子供を伴い、相川に行く。

私は最後のページをパラパラとめくり、そこに色のあせたインキで書かれた露口の文字をみつけた。

それら行間から咳をしながらペンを走らせている露口の姿が浮かぶ。世間から見捨てられ、どこのジャーナリズムからももう相手にされない一作家の末路である。「老残記」という芙蓉美知子の小説の題はまさにそんな男に与えられるものでなかったか。

帰りの船は行きよりも揺れが激しかった。中山が頭をかかえ眼をつぶっているのに、私は船酔いも感じないほどノートを読むのに夢中だった。病床の簡単な体温や食事の記録はかえって私のこの男にたいする想像を刺激させた。そしてその真中のあたりに、私は、彼の次のような文章を読んだ。

二月八日（曇）体温、七度五分。咳、血痰。一日中、けだるし。

二月九日（雨）体温、八度。血痰つづく。書きたい。どんなことをしても書きたい。誰からも相手にされないでも書きたい。たとえ露口健三の名でなくても、書き残したい。

二月十日（曇）小さな喀血。

どうせこの体は来年には駄目だろうと思う。あることを考える。死んだあとでも私の作品が活字になるような方法を考える、しかしそういうことは不可能だ。この露口健三の名ではどんな雑誌社でも原稿を受けつけてくれぬ、東京に送った「凡人愚」も「鉄橋のある町」も「麦愁」もみんな送りかえされてきた。要するにそれが露口の名で書かれたものだからすでに駄目なのだろう。

私は中山をゆさぶり、指で今、読んだ部分を指さした。

「憐れだな」

「しかし多かれ少なかれそういうものだろう。たいてい作家の晩年なんて言うものは。しかし、この執念だけは激しいなあ」

中山はため息をついた。

「それより、今度の問題はどうなるんだ。露口はたしかに死んだ。それなのに彼の顔が芙蓉美知子の写真にのっている。これはどうしたのだ」

「わからん。結局、露口に似た男が、偶然あの写真の時、うしろについて来ていたのじゃないか」

そう考えるより仕方がなかった。それが一番、合理的な解釈だった。久保さんも、われわれの意見に同意した。


二作目「鉄は熱いうちに」は前作よりも好評だった。芙蓉美知子がとにかく、キワモノではなさそうだと言う評価はこれで決まりかけてきた時である。

朝刊をアパートのベッドで広げた私は思わずアッと叫んだ。

「久米賞受賞者芙蓉美知子さん。自動車事故」

そういう活字が眼にとび込んだからである。私はむさぼるようにその記事を読んだ。そして彼女が昨夜、三浦半島に友人たちと遊びに行った帰りに、その友人の運転する車がトラックと衝突して、気絶したまま病院にかつぎこまれたのを知ったのだった。

編集部に電話すると久保さんはまだ来てなかったが、私はすぐカメラをもって病院にかけつけるべきだと思った。

逗子の病院まで車をとばすと玄関にはすでにいつか選考会の時、会った幾人かの記者たちがかたまって立っていた。私はその中に中山の姿もみつけた。

「どうだ。助かるのか」

「わからん。今、昏睡状態だ。頭蓋骨をやられたらしい」

彼女の大学の友だちたちが次から次へとあらわれた。病室の前の廊下ではその友だちたちが、ぎっしり、立っていた。

われわれジャーナリストはその病室から出てきた中年の医師に芙蓉美知子の状態をきくことにした。医師はちょっと、とまどったが、われわれを彼の部屋につれていった。そしてまだ濡れている二枚のレントゲン写真を電気にすかせて見せた。

「あーッ」と誰かが叫んだ。「ひでえもんだ」

それは実際、悲惨な写真だった。われわれがそこにみたのは顔の骸骨で、その頭蓋骨にはまるでインキの滴りを水に落とした時のように二本のすじがはっきり、入っていた。それはヒビだった。芙蓉美知子の頭に入ったヒビだった。私は華やかで、うつくしかった彼女の顔を思いだそうとした。しかしその代わりに眼の前には骸骨があった。

「生きれるですか」

A紙の佐竹さんがきいた。医者は困った表情でつぶやいた。

「むつかしいですな」

「むつかしいと言うと命をとり戻すのは何パーセントぐらいなんです」

「そうですな。むつかしいですな」

「じゃあ、かりに命をとり戻したら、その後小説など書けますか」

「むつかしいですな」

「むつかしいと言うと」中山が思い切ったように言った。「治っても……白痴ということですか」

「まあ、そうです」

医者は非常に困ったように言った。われわれは茫然として黙っていた。そしてその時、私の胸になぜか、突然、露口の日記の文字が浮かんだ。

「二月九日（雨）体温、八度。血痰つづく。書きたい。どんなことをしても書きたい」

われわれは暗澹（あんたん）として廊下に出た。その時、久保さんが病院の玄関にあらわれたのを私は見た。

「今、来たんですか」

中山は少しなじるように久保さんに言った。

「いや、俺は彼女の下宿に寄ってきた」

「下宿に？」

「うむ」

それから久保さんは、あたりに人影のないのを確かめると、

「彼女の第三作の原稿がないか、調べにいったんだ。もし彼女が死ねば、それが遺稿になる。その遺稿はどうしてもウチが取らねばならん」

中山は眼をつむった。彼だって週刊誌の記者だった。

久保さんのこの態度が、どんなにむごくみえても、それは激しい取材合戦の週刊誌の世界ではやらねばならぬことだ、と知っていた。

「それで、第三作はあったんですか」

「あったよ」

久保さんは怖ろしそうに言った。

「三十枚ほど、書きかけのものだった」

「どんな内容です」

「それは……」久保さんは少しためらった後に思い切ったように言った。「それはねえ。こういう話だった」

一人の女子学生がある日、突然、差し出し人のない郵便をうける。そしてその郵便のなかには一編の小説が入っていて、それがもし面白ければ、あなたの名でどこかの雑誌に送

ってくれと書いてあった。その小説から受けるすべての利益を自分は要求しない、自分はただそれが活字になってくれればいいのだ、と手紙には書いてあった。

その女子学生は、たんなる好奇心と面白さから、その原稿を筆写して雑誌社に送った。それが活字になった時、ふたたび第二作の原稿を入れた郵便が彼女のところに送られてきたという。

「そこで、その原稿は未完成のまま終わっていた……」

「じゃ、久保さんは、それを発表するんですか」

「俺はしない。燃やすつもりだ」

中山はうなずいた。

「やっぱり露口は生きてたんでしょうか。ぼくらにはわかりません。ぼくはたしかに彼の墓をみたんだ」

「生きているか、死んだのかもう知らん、しかし」久保さんは言った。「戦後彼は生ける屍(しかばね)だった。その生ける屍がある執念という生命力で支えられて……生きかえるためには」

彼がそこまで言いかけた時、廊下がざわめいた。

さっきの医師が扉をあけ、皆に頭をさげて言った。

「芙蓉さんは、たった今、息を引きとられました」

剃刀

野呂邦暢

■のろ・くにのぶ　一九三七〜八〇
長崎県生まれ。主な作品『草のつるぎ』（芥川賞）『諫早菖蒲日記』
初　出　『問題小説』一九七六年八月号
底　本　『野呂邦暢小説集成』第四巻（文遊社、二〇一四年）

はじめはだれも居ないのかと思った。
○○理容店と金文字でかかれたガラスドアを押したとき鈴が鳴った。
大声で呼んでもみた。

先客はひとりもいない。コンクリートの床に椅子が一台、壁に鏡が一枚あるきりだ。奥で何やら人の気配がした。男は椅子に身を沈めた。いちどきに疲れが出てきた。見かけは古びているようでも椅子のかけ心地は良かった。男はしぜんに目をつぶった。

——いらっしゃいませ
耳もとで女の声がした。男は目をあけた。鏡の前の棚から櫛のようなものを選んでいる女のうしろ姿が目に入った。

——どんなふうに刈りますか
——伸びた髪を切って髭もあたってくれ。あまり刈りこまないで、ごくふつうに……

と男はいった。

——かしこまりました

男は目をとじた。ハサミの鳴る音を聞いた。町から町へ夜行列車をのりついで男は旅をしてきた。昨夜も列車のなかだった。今朝、A町について、セールスを担当した薬屋をまわり、中食もそこそこに列車にのった。きょうじゅうにB町まで行きたかった。ところが目的地の一つ手前で崖崩れがあったとかで列車をおろされた。B町行きのバスが出ているとのことだったが、三時間は待たねばならない。そのあいだにこのQ町をぶらついてみる気になった。

海辺の小さな町である。中央にある通りを三分と歩かないうちに防波堤に突きあたってしまった。酒場も喫茶店らしき建物もあるにはあったけれども休業の札が出ている。むかしは賑かな町が何かの原因でさびれたものと見えた。

職業がら男は薬屋をさがした。賑かな町には大きな薬屋があるものだ。ここには町角にちっぽけな薬屋が一軒だけ、それもガラス戸は破れた所が紙でふさいであり、陳列ケースはからっぽ同然で、うす暗くなりかけているいま、店内には明りさえともっていない。通りは野良犬がうろついていて人影はなかった。

ようやく見つけたパチンコ店で時間をかなりつぶしたつもりでも、時計を見ると一時間とたっていなかった。バス停は海岸の吹きさらしにある。べたべたした潮風をあびて、なま臭い干魚の匂いをかぎながらベンチにかけていたってどう仕様もない。眠ったような町をあちこちさまよい歩き、郊外に小さな一軒家を見出し、それが理容店であると知ったときはほっとした。列車旅行で髪は乱れており、髭も伸びていた。しばらく腰をおろして休むにはうってつけの場所である。

町がさびれているのはどういうわけだ、と男はきいた。

町の住民がはたらいていた魚粉製造工場がつぶれたためだ、と女はいった。男はうす目をあけて女を見上げた。床屋をひとりでやっているのか、ときいた。

——もみあげはどのくらいに

女がたずねた。

——元のままでいい

女は年のころ二十代のようでもあり、落着きはらった口のきき方は三十代をすぎているようにも思われる。男は鏡に映った女をみつめた。ガラスは埃で曇っていてしみのようなものがまだらに表面を覆っているので女の顔を見てとれない。

こんなに静かな町では事件らしい事件も起らないだろう、と男はいった。せいぜい交通事故くらいなもので……しかし、あれは去年だったか自分がこの近くまで来たとき、B町で人殺しがあった。

——咽喉を切られた男の死体がB町かA町の海岸に漂着したとか、その犯人はあげられたのだろうかと男はきいた。

ハサミが鳴りやんだ。櫛が男の髪をすいた。犯人はつかまったのか、と男はたずねた。

——さあ

そっけなく女はいった。

あっという間に調髪は終った。数回、ハサミの音を聞いただけだ。しかし、鏡のなかをのぞきこんでみると、これが自分の頭であるとは信じられないほど見事にととのえられている。女は理容師としてなかなかの腕前を持っているようだ。

町が平和でありすぎるのもときには考えものだ、若い連中はどこへ遊びに行くのだ、と男はきいた。

——A町かB町へ……動かないで下さい

やんわりと女はたしなめた。男は鼻のわきがかゆくなったので手を上げて掻こうとした。そうと察したのか女は指先で男のまさにかゆみを覚えている所を掻いた。二、三回、ひっかいただけでかゆみは嘘のように消えた。

——髪を洗いますか

という声に男は満足そうな唸り声でこたえた。湯がほとばしった。椅子が元へ直り、男は体を起した。鏡の下から洗面台が出て来た。頭を女の手にゆだねる前に横目をつかって女を見た。

女はガーゼのマスクをはずしたところで、シャンプーの罎を棚から取った。しかし、その顔はもうもうと立ちのぼる湯気にさえぎられて目鼻立ちまでは見分けられない。伏せられた切れ長な目を見たきりである。

店の奥に人の気配がないところを見ると、もしかしたら女はひとりで店をやっているのかもしれない。あるいは夫が外出しているのでたまたま女が出て来たということだろうか。指が男の髪をまさぐった。それはつよく、弱く男の頭髪をもてあそび、くしけずった。男はうっとりとなった。

洗面台に頭をさし伸べる姿勢で身を折っている男の背中に女の上体がかぶさった。指に力をこめて頭の地肌をマッサージするとき、男の背に押し当てられたふたつの暖かいふくらみが息づくのがわかった。

女はそうと意識していないらしかった。

見かけない人だがどこから来たのか、と女はきいた。湯があびせかけられ、シャンプーが洗い流され、また湯がそそがれた。

――T市から来た

と男はいった。
――洗髪すみました
と女はいった。男は体を起した。
――それで、死体の身もとはついにわからずじまいかね
――そのようですね
女はふわりと客の顔に蒸しタオルをのせた。殺されたのはA町の人だろうか、と男はタオルの下からいった。
――さあ
壁ぎわから女の声が返って来た。
――B町の海岸で発見されたのならB町に関係のある人物ではないだろうか
男はしつこく問いただした。
土地の者だったらせまい町だから身もとはすぐに突きとめられただろう、と女はいった。死体が漂着したのはB町ではなくて実はすぐそこの海岸なんですよ、とつけ加えた。
――お客さん、眉の下を剃りますか
――剃らないで
と男はいった。

皮で剃刀をとぐ音がした。男は壁の方へ首をねじった。手早く剃刀を往復させている女のうしろ姿が見えた。

——あれは何かい、もの盗りだったの、大金を奪われていたとか、そういうことは……

身もとがわからなければ怨恨かもの盗りかわかるわけがないでしょう、と女は穏やかにいった。

——それもそうだ、うっかりしていた

男はぼんやりとつぶやいた。雨洩りだらけの天井を見上げた。初めは白かったペンキがいまはどす黒く変っている。通りに面した窓は一度も拭いたことはないほどに分厚く埃がこびりついている。視野の隅で何か銀色に光るものがあった。女がとぎ終えた剃刀をしらべているのだ。暗い店内で輝くものはその剃刀だけのようである。女はとぎ具合が気に入らないらしく、ためつすがめつしたあげく再び皮に刃物を当てた。

——いい加減に頼むよ、きょうじゅうにB町に着かなければならないんだ

バスが出るまでまだたっぷり一時間はある、と女はいった。それから向きを変えて男に近づいて来た。歩み寄りながら剃刀の刃に指を当てて軽くうなずいたようだ。蒸しタオルがのけられまんべんなく石鹼がぬりたくられた。

——どうしてわたしがバスにのるとわかったの

崖崩れのあったことはラジオで聞いた、よくあることだ、そういう折りはバスを利用することになっている、あの事件が起った日も……といいかけて女は口をつぐんだ。

男が何かいおうとした刹那、ひやりとした金属が皮膚に触れてその上を這い回り始めた。切れ味は良かった。剃刀をすべらせるだけで髭は切れた。もともと男の髭はかたい方である。どの理容店でも男の髭は話題になった。熱い蒸気で蒸してもやわらかにならず、よくといだ剃刀にさからう手ごわい髭である。床屋のあるじは剃るのにふつうの二倍はかかると愚痴をこぼした。

それが女の手にかかると赤ん坊のうぶ毛さながらやすやすと剃られてしまう。女の剃り方はたくみだった。ほっそりとした指が男の顔を撫でまわした。皮膚をつまみ、ひっぱり、あるいはさすったりして剃り残した髭がないかとしらべた。

男はいい気持になった。

こんなに剃刀の使い方がうまい床屋に出会ったことはなかった。

上気した男の頰に触れる女のつめたい手が何ともいえず快かった。剃刀は鼻の下を剃り下顎におりた。

——こうしているとき、咽喉を剃刀で裂くのはたやすいことだろうな

と男はつぶやいた。

急に女は手を動かすのをやめた。冗談だ、と男はいった。女は剃刀を棚に戻して手の甲についた石鹼の泡を落している。

——客はほら椅子にのんびりとかけているんだから全然、無防禦だしさ、抵抗するひまもありゃしない。ぐさりとやればそれでおしまいだ

女はだまっている。鏡のなかで切れ長な目が動いて男の顔にそそがれたようだが、気のせいかもしれない。

——そいつを殺してもだれにもわからない場合はむらむらとやる気にならないだろうか、相手はゆきずりの人間だし、動機もないとすれば、これはわかりっこないね

まさか、と女はいった。含み笑いを洩らすのを男は聞いた。顔にまた蒸しタオルがのせられた。女は別の剃刀を皮でとぎ始めた。今度は細身の剃刀のようである。タオルの隙間から男は女をうかがった。剃刀は一点の曇りもないほどに光っている。男は胸の内でつぶやいた。(まさか、とあんたはいうが、だれしも肚の底では他人を殺したがっているものなんだ、そうではないかね、殺さないのはつかまるのが厭だからさ)

女は指で剃刀の刃をためして満足そうに溜息をつき、ゆっくりと近寄って来た。にわかに蒸しタオルがつめたくなった。空気もひえびえとしたものになった。男は何となく不安になり椅子から身を起そうとした。

——動かないで

と女はいい、手で優しく肩を押えた。いっぱいに見開かれた男の目に、とぎすました剃刀が閃いた。

彼岸窯

吉田知子

■よしだ・ともこ　一九三四〜
静岡県生まれ。主な作品『無明長夜』（芥川賞）『箱の夫』（泉鏡花賞）
初　出　『太陽』一九七七年八月号
底　本　『第五の季節』（読売新聞社、一九八〇年）

蛇ヶ洞川の橋の下に犬が一匹いた。犬は橋の袂で土を掘りかえしていたが、急にふりむいて喜作を見た。ふてぶてしい目の色だった。毛の色が全身黒なので斜め下を見ていたときはどこが目なのかもわからなかった。真直にこちらを見ると目だけが光っている。この犬を喜作は何度も見たことがある。といっても喜作が蛇ヶ洞川までおりてくるのは一年に数回しかないので、その度にここで犬を見かけていることになる。はじめは八年前の雨の日だった。そのとき見たみすぼらしい灰色の子犬がこの犬だという証拠は何もないが、喜作はそう思っている。第一、全身真黒という犬は、他には見たことがない。

あの日、雨の中を歩いていた。喜作は後からついてくるヨネが逃げだしはせぬかと後をふり返ってばかりいた。それは、他人目には滑稽に見えたかも知れない。ヨネは大女だった。喜作より大きく見える。喜作は顔も体も丸く、いくぶん猫背ぎみだから、実際より小さく見える。ヨネは、顔も、手足と同じように頑丈だった。頑丈としかいいようがない。角ばって赤かった。眺められるための顔ではなく、一つ一つの造作が、なければならない必要なものとして、ちゃんとその場所についている。目はよく見え、鼻もよくきき、顎の力も強く、歯は、なまくらな道具よりよほど役に立つ。しかし、そのおかげでヨネには一人の買い手もつかず、親は泣き泣き十一歳のヨネを瀬戸の町に捨てて帰ったのだった。

ヨネは気も強かった。物もよく知っている。同じとしなのに二十六の喜作はヨネに引きずられて生きているような気さえしていた。

だが、そのときだけは違っていた。ものおじしないヨネが彼岸窯だけはいやだと言った。ヨネが反対すればすぐに引っこむ喜作が、今度だけは意見をかえなかった。どちらにしてもどこかへ出て行かねばならないのだから、彼岸窯へ行く。彼岸窯は誰にも言わなかったが、十数年の喜作の夢だった。

彼岸窯は、もとは大野窯といった。土もよく職人の腕もよく、そこでできたやきものは、ほとんど町へ売られ、近在の者たちは見ることもできなかったのである。それが、ある事件を境にして、彼岸窯と名をかえた。その事件が何であるかは、よくわからなかった。なにしろ、窯のある場所は一番近くの村からでも山の中を小半日歩いて行かねばならなかったからである。とにかく、あるとき、窯に用のある者が行ってみたら、住人は全員殺されていた。二十人ともいい、三十人ともいう。彼らの血で草も土も木も真赤で、まるで彼岸花が咲きほこっているようであった。それについては、内輪もめで殺しあったのだという人も、斬りとり強盗の一団に殺されたのだという人もあったが、真相はわからない。その事件があったのも、もう三十年も昔になり、彼岸窯は伝説的に忌むべき地名になっていた。

おとなしく寝ないと彼岸窯へうっちゃりに行くぞ。

そういえば大抵の子供は泣きやんだ。

まるで彼岸窯だ。

といえば、薄気味の悪い、わけのわからぬ人間のことだった。

はやく彼岸窯になってくれんとどうもならんわ。

しまいには、そんな言い方もでてきた。これは、ながわずらいの病人に悩まされている嫁などがこっそり口にする言葉だった。

しかし、彼岸窯の所在を知るものは滅多になかった。たまにワラビとりや、釣りに行った人が偶然そこへ行きつくだけだった。

喜作がそこを知っているのは、道に迷ってそこまで行ってしまったことがあるからである。そのときは八つか九つで十にはなっていなかっただろう。一緒に行った友達の米吉が
「彼岸窯だあっ」

と凄じい叫び声をあげて後も見ずに逃げだしたので、木の間隠れに大きな土の窯があるのをちらっと一目見ただけだった。

それから二十年近くたっている。窯の場所もうろ覚えでみつかるかどうかわからない。山は知っているのだから、気ながに捜せばみつかるだろう。土と木もあるだろう。だが、どうやって焼きものを作るか。無経験ではなかった。十五まで喜作は、やきものを作っていた。父の窯を継ぐつもりで少しは期待もされていた。母が死んだあと、父が女に狂い、バクチに凝り、にっちもさっちもいかなくなって首を吊り、窯が他人の手に渡っても、喜作は、やきものから離れることになるとは夢にも思わなかった。どうしてそんなことになったのか。急に喜作は遠い村の作男にされていた。まだ父の借財があったので、それを払うためというが、同じ働かせるにしても、やったことのない野良仕事よりは、窯場においたほうが何層倍も役に立つはずである。

お前が村にいると、いずれは窯を取り返しにくることになると思ってるだ、源兵衛はな。それで、できるだけ遠くへ追い払う算段よ。それがわかったら、もう帰ってくるでないぞ。最後に伯父の周吉にそう言い聞かされた。喜作は、ぼんやりうなずいた。十五にしては体も小さく、顔も幼なかった。苦労らしい苦労をしたこともなく、自分の身の激変がまだよくわからなかった。

作男になってからはひどかった。牛や馬のほうが、はるかにましだった。はじめは父や母のことばかり思いだしていた。そのうち、思いだすのは窯のことだけになった。畦を作っていても、つい、やきものの土を練っている気になって怒られる。喜作からすれば、畠や田圃の土は、土とも思われなかった。悪い土だった。ゴミより悪かった。埃だった。作物を育てる楽しみもない。毎日同じことをしている。やきものには自分のものを作る喜びがあった。喜作の家の窯にも、遠い山のほうから連れられてきた子供が何人かいた。彼らは着るものや寝る場所は粗末で、自由も少なかったが、食べものは家中同じだった。気のきいた子は、一年もすると、もう仕事時間が終ってから自分で皿を作ったりした。それはもちろん、喜作の家の土を使い、喜作の家の窯で焼くのだが、喜作の父は何も文句を言わなかった。そればかりか、できあがると批評したり褒めたりもしてやった。

　作男には、そういう自分の楽しみは何もなかった。食べものも主人たちとは、まるで違う。窯場にいれば、一生懸命に修業をして、なるべく早く職人に一人立ちしたいという夢を持つことができる。作男は、いくら野良仕事に精通しても一生作男だった。どんな楽しみとも女とも金とも縁はない。

　としとったらどうなるんかの。

　いつか、隣りの作男にきいたことがある。

　としなんかとらんさ。としよりの作男なんか見たことがねえ。これだけこき使われて、これだけ食いものが悪くて、ながく生きるわけないが。作男で四十になったもんはおらんわい。

隣りの作男は怒るでもなく恨むでもなく、明日の天気の話をするように、そう言った。喜作は驚いて顔を見ていた。その男は、どうしても五十過ぎに見えたが、そんなことを言うのであるから、まだ四十になってはいないのだろう。

それから喜作の窯への思慕の念は、ますます強くなった。技術を忘れないために、夜寝てからも、何度も手順を思いだし、こねる手つきを復習した。毎夜轆轤（ろくろ）を回している夢を見た。昼も暇さえあれば窯のことを考えていた。

おれは、こんな蛆虫どもとは違う。

日夜そう思うことで、ようやく耐えしのんできた。しかし、喜作が窯を持つことなど、できる相談ではない。莫大な費用がかかる。村にも、本家分家から金をかき集め、窯を作りかけたものの、費用が足りず、三分の一で放りだして笑われものになった人がある。

窯。窯。窯。

毎日考えているうち、自然に彼岸窯に思いがいった。血みどろの光景や白骨の散乱するさまを思うと気がひるんだが、やきものをやきたい気持ちは、それを上まわった。

親方に殺された者はおっても、火の玉に殺されたものはおらんでな。

喜作はヨネに言った。

幽霊だって、みんな同じ仲間だ。なあ。窯が生き返れば喜んでくれるに違いねえ。

お前がいやなら一人でも行く、とまで言われて、しぶしぶヨネはついてきた。

どこで死ぬのも同じだもんな。

口の中で呟いている。ヨネにとって彼岸窯へ行くのは死にに行くのと等しかった。そうかといって、喜作以外の男は考えられない。喜作と離れるのは死ぬことだった。同じ死ぬのなら、ついて行くほうがいい。

雨の晩に二人で逃げだした。持ち物も、ろくになかった。三日、雨が降った。雨の間中、歩いた。彼岸窯をめざして歩いた。濡れ溶けた地蔵の前の赤飯を食べ、寺でにぎり飯をもらった。三日間に食べたのは、それだけだった。なるべく人に逢わぬようにした。どうにも空腹のときだけ人里に近づいた。家があっても行きずりの乞食同然の二人に食事をくれる人間はなかった。ながく続いた戦さの影響で人々の心も荒み、暮らしも苦しくなっていたのである。

季節がよくて外で寝ても凍え死にしないのが有難かった。

蛇ヶ洞川にかかったのは三日目の昼過ぎだった。川っぷちの草の中で子犬が鳴いていた。生れたばかりではない。三か月くらいはたっている。汚ない灰色の毛がぐっしょり濡れて細い骨ばった体にへばりついている。

あいつを食うか、と言ったのは喜作だった。犬を食った人を彼は何人も知っていた。すぐ反対するかと思ったヨネは何も言わなかった。つかまえろや、と、もう一度言ってみたが、やはりヨネは濡れたまま立ち止って黙って犬を見ている。犬を食おうと言ったのは本気ではなかった。喜作は、この川が蛇ヶ洞川かどうか自信がなかったのである。前方の山の形は彼岸窯の山に思われたが、川には馴染みがなかった。頼りのヨネは腹が減ったせいか口数が少なくなり、何を言っても返事もしない。そうなると喜作は厄介で役立たずの大牛か何かが後からついてくるようで気がめいってしまった。だから、犬を食うと言ったのは一種の勇気づけだった。灰色の痩せた子犬がまだ吠え続けているのを後にして喜作は橋を渡った。

夜になっても窯はみつからず、山の中で寝ることになった。ヨネが草の葉を噛んでいるので喜作も真似をした。甘酸っぱい味がした。いくら食べても腹のたしにはならなかった。洞穴をみつけて、その中で二人でまるくなったとき、ヨネが言った。

赤犬なら食えるだけど。

何のことかわからなかった。ようやく昼間の犬のことだと気がついた。

次の朝は晴れた。目をさまして周囲を見まわすと彼らは窯場の中にいた。何十年かの間に木が生い茂り、見ただけでは窯の所在はわからなくなっていた。

この彼岸窯をみつけたことで喜作たちは生きのびることができたのだった。窯は斜面にあった。一丁ばかり下へおりると川が流れていた。南側は少し開けていて、麦、アワ、ヒエなどがはえている。それらは野草と変りない状態になっていて、ほんの僅かな実しかつけてなかったが、ないよりはましだったし、捜せば林の中にもはえていた。

窯を直し、木をきり、土をこねるのに一年かかった。灯皿、すり鉢、茶わん、土釜、盃などの形を作るのに、また一年かかった。記憶は薄れていたし、記憶通りにやっても、くずれたり、ひびわれたりする。一からやり直しで失敗を重ねた。三年目に焼いたものは、上下の器物がくっついたり、ボロをかぶったりし、物になるのは一割もなかった。喜作は実際には窯の火をたいたことはないので要領がまるでわからなかった。気ばかりあせった。もしもヨネがいなかったら、どうにもならなかっただろう。ヨネは男なみの力があった。薪を切るのは、ほとんどヨネの仕事だった。道具はナタが一挺しかなかった。どうにも食べる物がなくなるとヨネは寺へ行った。ここへ来るとき、握り飯をもらった寺である。寺の世話で田植えや稲刈りを手伝い、食べものを貰ってきた。そういう時期には人手は一人でも多いほうが有難いので素性は問わない。報酬もよかった。

五年目くらいから、どうにか人に売れるものができるようになった。それは喜作の意図に反して本当にお粗末なものであった。厚くて無恰好でザラザラしている。

そんなものでも安ければ売れた。

石御器（イシゴキ）で飯を食うなというのは本当じゃのう。これだけうまけりゃいくらでも食っちまうもんな。それでも死ぬまでに一度、石御器でマンマを食いたいと思っておったよう。

年寄りから、そう言って感謝されたりした。

売りに行くのはヨネだった。近くへは売りに行けない。彼岸窯で焼いているのがみつからぬよう、反対側の谷を越えて、山を越えて、道のないところを肩に食いこむ荷を背負いながら何日もかかって行く。帰りは衣類や食糧の他に種を持ち帰る。ヨネは、やきものについては何も知らないかわり、作物を育てるのには才能があった。少しずつ彼女は畠をふやして行った。ソバも植えた。陸稲（おかぼ）も播いた。菜の類も絶えることのないようにした。

子供は五人産んで四人死んだ。残った一人は、もう邪魔にはならぬ年齢になり、やきものを売るだけで何とか暮らせるようになった。

このまま、ずっとやっていける、と思っていたのである。

黒犬は喜作が動かないのを見定めると、再び土を掘りはじめた。餌も与えられず、追われ続けている野良犬に違いなかったが、もう痩せてはいなかった。毛の色もよく、体じゅうに力がみなぎっている。土を掘るのに夢中になっている、とみせかけていても油断してはいない。時々、すばやくふり返って狡そうな目で喜作を一瞥する。

おれは、この犬だ、と喜作は思う。いやな気持ちだった。

貫禄のある中年男が橋を渡りきろうとして喜作を見た。一瞬、男は目をそらした。喜作を無視するか、と見えたが、ふいに、にこやかな顔になっていった。

かまだしは、もう終ったんかの。

へえ、と喜作はこたえた。中年男は旦那衆である。喜作のことを知っているのは意外だった。

一度、黒茶碗というのを見せておくれ。見るだけでいい。もう大した評判なそうだからな。

へえ。あれは……来てもらわにゃ。ちょっと持っていくわけにはいかんのでね。

旦那は薄い唇をへの字に曲げてしばらく喜作の顔を眺め、そのまま何も言わずに歩きだした。

こんな百姓らに黒茶碗がわかってたまるか、と喜作は思う。

そもそも、その黒茶碗のおかげで喜作は旦那衆に一目おかれるようになったのである。

あのときは、もう殺される、もう完全におしまいだ、と思った。さむらいが何人か窯まで上ってきて、いきなり窯の入口を叩きこわしはじめたのだ。いずれ、そういう日がくるとは思っていた。宿なしが勝手に木を伐って届けもせずにやきものを作っているのだ。ただですむはずはない。

喜作は地面に頭をこすりつけながら、言い伝えを思いだしていた。彼岸花が目の中で散った。めぐりあわせだ、また同じめぐりあわせがくる、ここで真赤な血を流さなければならない日が、とうとうやってきた。いままで食うことに追われて思いだしもせずにきたのである。昔、ここで何十人も殺されたというのに骨のカケラ一つないのはなぜだろう、と気にしたこともあったが、大方、山の獣に食われたのだと決めて、それ以上は考えなかった。今度は自分が斬り殺されて獣に食われる番だった。何を言っても通じる相手ではないのは判っている。助けを乞おうと思ったところで、おそろしさで声も出ない。

せめてもの幸いは、息子の喜助が朝から鳥の卵をとりに行ってこの場にいないことだった。上目使いに、ちらっと見ると窯の中腹に穴があいたところだった。喜作は、ウッと唸った。涙が出てきた。殺されるおそろしさでは出なかった涙だった。

吉津様。ちょっとお待ちください。ほれ、この茶碗でございますよ。

耳もとで誰かが叫んだ。一番あとから、ゆっくり登ってきた老人だった。彼は喜作の小屋の入口に転がしてあった黒い茶碗を捧げ持っていた。

おう、これか。これが例のものか。

たちまち、茶碗は男たちにかこまれ、手から手へ渡った。

これは、たしかにこの窯で焼いたものであろうな。

喜作は、そうだと答えた。

それには違いなかったが喜作の焼いたものではなかった。初めにここへ来て窯を作り直すとき中から出てきたしくじり物の一つだった。中からはまだいろいろ出てきたが、よい物は、すでにみな売ってしまっている。その黒茶碗は色も悪い上、縁は欠けていたし、糸底もいびつだった。

これほどのものは初めてでございますよ。黒の茶碗などあるはずはないと思ったのでございますが。

老人は興奮して赤い顔になっていた。

まだ他に焼いたか、と訊かれた。

いや。黒いものなど引きとりてもないで。

ようすが変ったのでとまどいながら喜作は用心深く言った。

ここの土でなければ焼けんだ。わししか、うわ薬を知らん。誰も黒いのなどよう焼かんだ。

よし、と、さむらいが言った。

黒い茶碗が焼けるならよい。また来るからそれまでには、きっと焼いておけ。

また来るというのはいつのことかわからなかったが、どうにか難は逃れたのであった。

六人は、そのまま山をおりて行った。老人は大切そうに黒茶碗をかかえて持って行った。

喜作とヨネには何がどうなっているのか、さっぱりわからなかった。

焼けといえば焼くだよ。なあ。

簡単だと思っていた。いままでにも黒くなってしまったことは何回もある。

大窯は一年に一回しか火をいれられないので、隣りに小さな窖窯(あながま)を作った。それが失敗だったかも知れない。薪ばかりいって、うまく焼けない。

薪の消費量は凄まじいばかりだった。

アブリが三日。これは窯や、やきものの水分をとるためだった。

七日七夜、夜も昼も火を焚き続ける。

特に最後の二日のセメで成否が決する。このときは四十八時間、飲まず食わずで一睡もしない。火勢を衰えさせぬため必死でたき続ける。まばたきする間もない。いっときも火から目を離さないのである。火を見ながら横に出す手へ次から次へと休みなくヨネが薪を渡す。ヨネも休む間はない。子供にも食わせている余裕はない。傍へ這ってくると邪魔だから蹴とばす。

はじめは近くの木を伐っていたが、山が裸になると目立ちすぎるので、いまは遠くへ行き、間引くような感じに、伐り過ぎぬよう気をつけて伐ってくる。運んでくる労力も大変なものだった。

何回やっても黒い茶碗はできなかった。取りにくると言ったさむらいも来なかった。また戦さが始まっているらしく、蕗とりに行った喜助が負傷兵が死んでいるのをみつけた。うわ薬を変え、火力を変え、喜作は、さまざまに工夫した。喜助も、少しはあてにしてよい年頃になっていた。

何年も経った。

いまでは喜作は真赤に燃える茶碗を燃えたまま鉄鉤で挟んで一気に水につけると黒くなることを知っていた。

形については寺の和尚に教えられた。

それは飯茶碗とは違う用途に用いられるものだと知った。たしかに、飯茶碗の形の黒では汚ならしく見えたが、和尚のいう飯ビツの形にすると落ちついた。

それは、抹茶茶碗というものじゃ。

和尚は、言いながら自分の茶碗を見せた。もちろん、喜作の焼いたものではない。練りも寝かせ方も足りぬとみえて、肌目の粗い、水の洩りそうなものだった。喜作は、形だけしっかり覚えこんだ。

抹茶というものは、きれいな薄緑の水で、ちょっと甘くて、ちょっと苦くて、ふわっと泡だっておる。

それを見たことは和尚も一回しかないらしかった。

その間にも別のさむらいが来て窯をこわそうとしたことが何回かあったが、喜作はその度に老人のおいていった木の札を見せた。それには何か字が書いてあった。さむらいは、それを見ると手出しをやめた。

黒茶碗は少しずつたまっていった。たくさんは焼かないが何年かに二十くらいたまった。もう来ないか、と思った頃に再び、あの老人があらわれた。さむらいたちの他に、もう一人、男を連れていた。中肉中背の静かな男だった。老人は、自分より年下のその男に最上の敬語を使っていた。

これです。これが師匠のおっしゃったものです。

男は一番隅の黒茶碗を大事そうにそっととりあげた。

黒の色は冷やしかたの手加減一つで決まる。真赤に焼けて中まで炎の色に透き通っている火のかたまりのような茶碗を窯から引き出し、水につけるか、外気にさらすか、湯にいれるか。外気の温度も夏と冬では違い、引きだす時間によっても違う。昼と夜でも違う。さえざえとした漆黒から、無数の亀裂のはいった華やかなもの、とろりと葛を引いたようにまろやかなもの。いくらか褐色がかったもの、内側に朱を感じさせるもの。

まさに千差万別の黒だった。

だが、男が手にしたのは、見ばえのせぬ光沢のない黒茶碗だった。その茶碗のくすんだ黒色は、どうみても新しい茶碗には見えない。使い古した茶碗のようだった。形も平凡で亀裂もなく、他の茶碗に較べると、まるで見ばえがしない。なぜこれを残したのかわからないくらいだった。

男は他の茶碗には見むきもしなかった。老人は、さむらいたちに顎で合図した。たちまち、他の茶碗は小屋の外へ持ち去られ、やがて、けたたましく割れる音がした。喜作が悲しい思いでそれを聞いていると老人が言った。

あのこわしたもの全部の十倍もの値があるのじゃ。この茶碗にはな。

実際に、老人は喜作に驚くような代金をくれた。三年楽にくらせるほどのものだった。

それればかりではなかった。

その後、毎月のように、町から人が来て同じ茶碗をやいてくれるように頼み、金をおいて行く。

光沢のない茶碗を焼くのは、そう簡単ではなかった。黒なら何でもよいとして焼いていたときとは違い、再び何度も失敗せねばならなかった。なかなかできないために、さらに茶碗の値は上がった。

ヨネは里のほうに田畑を買い、喜助とそちらへ移っていた。喜助は嫁をもらって畠仕事に精をだしていた。やきものには興味がなさそうだった。

吸いこむような黒だ。な、何もかも吸いこまれるような。お前、知ってるか、喜助。天地のはじまりは空は黒かった。墨みたいな黒じゃねえ。黒でありながら、ぼうっと明るい。ほれ、見てみろ、この茶碗を。どこにもありそうだが、どこにもない。形もそうだ。柔らかく包みこまれていく。邪魔にならん。

コツを会得して、いくつも焼けるようになった黒茶碗を手にして喜作は講釈する。

土間で種をよりわけている喜助はニベもなく言いはなつ。

小汚ねえ黒なんか真平だよ。赤や黄の絹づくめのお人たちにゃいいか知らんが、おらたちは好かん。顔も黒いし着てるものも黒けりゃ家も黒い。なんで黒い茶碗なんかが要るだ。

喜作は黙って立ちあがり、彼岸窯へ出かける。一時期は五人も六人も人を使っていたが、もう皆やめてもらった。彼らが役にたつのは力仕事のときだけだった。皆が黒茶碗を焼きたがるのは金もうけになるからだった。

おれは、あいつらとどう違うのだ、と思う。

黒茶碗は厚く重く脆かった。飯も汁も食べにくい。よいのは眺めるときだけだった。他の茶碗と違う暖かみがあった。それだけだった。


犬が死んだ。

死んだときは、犬は、またもとのような汚ないまだらな灰色になっていた。一まわり小さくなり、手足を横にして蛇ヶ洞川の水際で半分水に浸かっていた。

黒犬が死んだよ。よく生きたもんだな。二十年だ。

喜作はヨネに言った。二十年ではないだろう。十五年くらいか。覚えはなかった。もしかしたら前の犬の子かも知れない。黒犬だというだけで同じ犬だと勝手に決めている。五日前から寝ついているヨネは苦しげに唸るばかりだった。ヨネに、あの犬の話をしたことがあっただろうか。なかったような気がした。

おじいは山で犬を飼ってたんか。

かわりに孫が訊いた。

いいや、と喜作はこたえた。

間もなく、ヨネも死んだ。


喜作は腰が曲ったので、もう彼岸窯へは行かなくなった。草むしりをしたり、縄をなったりして喜助の仕事を手伝った。何をやっても喜作は無器用だった。喜助は父親の仕事ぶりの遅いのをおかしがった。

おじいはいいで、まあ、豆腐でも食ってろや。

豆腐といっても、そう毎日買えるものではない。喜助のせいいっぱいの孝行である。

ほんに有難いことだのう。おれは豆腐さえありゃいいよ。

いかにも豆腐好きのように言ったが、喜作は別に豆腐が好きというわけではない。黒茶碗に豆腐をいれ、上に細葱を散らして眺めているのである。

美しい。こんなに美しいもの、これほどのとりあわせがこの世にあったか、と思う。人間の手はどこにも見えなくて、どれもこれも、たったいま天からおりてきたような瑞々しさで喜作の前にある。早く食べなければまた催促されると思っても醤油をかけるのが惜しい。箸をつけるのがもったいない。箸で潰して豆腐の形が崩れるのが天地が歪むかのように思われて胸が潰れる。

この黒茶碗は庄屋の理兵衛から返されたものであった。返しにきたのは物売りの三次である。

こんな縁起でもないものを持ってると祟りがあるというてよ、おさむらい衆も、お店の大旦那も叩き潰すやら、土蔵へほうりこむやら大騒動だったがよ。理兵衛さまは静かなお人だでよ、お前に返すのが順当だと言われての。手塩にかけたものが憎まれちゃ作った者も辛かろう。いくら茶碗でも生命だけは生きさせてやりてえ。なあ、わかったお人だよ。

三次は一年に一度、小間物とか髪飾りを持ってやってくる男である。

話を聞いているうちに喜作にもおぼろげながら事情がのみこめてきた。

黒茶碗が、あのように馬鹿げた高値で取引きされるようになったのは、堺にいる、ある偉い人が大変褒めたからであった。そこでその弟子たちが争って求め、関係のない人たちまで珍しい黒茶碗をほしがったのだった。

ところが、その偉い人が首を斬られた。首を斬られたのか、腹を切ったのかわからないが、とにかく殺されて、はりつけにされたのである。

いや、そうじゃない。そのお人の木の像を作ってはりつけにしたのかな。それとも木像は初めからあったのか。そこんところは、わからんが、おさむらいでもないに大変なことよ。

どういう悪事をしたのかも、よくわからぬという。黒茶碗がもとだという人もあった。なんでも、太閤さまは金銀綾錦が好きで黒茶碗などは駄目だという説で、それをその人が黒茶碗がわからんようでは救い難いと言ったのが伝わってしまったとか。

噂だでな、まことのところは誰も知らん。上のほうのことだもんな。で、わからんが、どっちにしても黒茶碗など持ってないほうがよいということになってよ。考えてみりゃ、葬いも黒なら人の死んだ日の烏も黒だ。つくったのが彼岸窯とくりゃ、あのお人は、その祟りを全部集めてはりつけになったのかも知れんもんなあ。

噂を伝えるのは三次の商売のうちである。息つく間もなく喋りまくる三次の口を喜作は眺めていた。

黒茶碗がもてはやされたのは、ほんの一時期だった。喜作も、それが続くとは思っていなかった。ひとには能書きを並べても喜作自身には、息子の喜助の単純な反撥を否定しきれぬ気持ちがあった。近在の人たちも黒茶碗を見たがっても、ほしいとは言わなかった。値のこともあっただろうが、見てもそれほど感心しなかった。

喜作は、返された茶碗を身近においた。豆腐を入れることを思いついたのは、だいぶたってからだった。黒茶碗に柔らかい豆腐はよく似合い、はじめて喜作は自分の作った茶碗を心から好きになったのだった。

豆腐の入った黒茶碗を両手に持つと心が休まった。掌の中に別の天地がすっぽりと包みこまれている。確実な重さを支えながら喜作は考える。

同じことだな。黒犬も黒茶碗もおれも、みな同じだな。生きて死ぬ。それしかない。それだけだ。

上手な使い方

野坂昭如

■のさか・あきゆき　一九三〇〜二〇一五
神奈川県生まれ。主な作品『火垂るの墓・アメリカひじき』（直木賞）『戦争童話集』
初　出　『中央公論夏季臨時増刊　大岡昇平監修・推理小説特集』一九八〇年八月
底　本　『20世紀断層』第四巻（幻戯書房、二〇一〇年）

母は、むくんだような感じで肥った息子の姿を、ベッドから盗み見て、その幼い頃の、表情や身のこなしを思い浮かべる。まことにとりとめのないもので、墓詣での帰途、ポケットへ手を突っこんだまま、つまずいて転び、おでこに瘤をつくったこと、中学二年の秋、絵の県展で銀賞を授かり、何度も一緒に観にいったこと、かと思えば、もう三十年以上昔になる、息子の幼稚園入園式の日の空模様や、結婚式の時、エレベーターに乗り合わせた別口の花嫁さんの、濃いうなじの白粉、眼をつぶるまでもない、断片的にしかし奇妙に鮮やかにえがき出されるのだ。

息子は、病室の窓に寄り、とっくに見あきたろう外の景色をながめ続ける、なにを考えているのかと、母はいっさい想像しない、そこに居てくれれば結構、そして、息子と二人で暮していた頃のあれこれ、嫁とうまくいっていた当時の記憶が、よみがえるというより、丸ごと昔にすぽっと入りこんでしまう、もう一度くりかえしているような、今の時間をゆっくり楽しませてもらう。

やはり死期が近づいたためなのか。よく、高い所から落ちる人は、大地に叩きつけられてもらって。

るまでの束の間に、一生のことが脳裡をよぎるという、でも私は、ゆっくり死んでいくのだ。まったく身分不相応な病院の個室、なんでも現代医学えり抜きとかのお医者に看とってもらって。

息子にもう一度会いたかった、十一年前に私を捨てて出奔、以来、音信不通、いや便りはあった、サラ金で借りる時の、またケチなセールスマンとなるための、保証人に私を仕立て、何度か不始末の尻ぬぐいを持ちこまれた。始めの頃は、すっかり驚いて、五万、十万と払った、でも保証人ったって、実印をおしてるわけじゃなし、息子を探しあぐね、はした金でも取れるならと、無駄足覚悟の催促と判り、やめた。主人に死なれてから、まあいろんなことをやって、息子にはそう肩身のせまい思いも、させなかったと思うが、そうそうゆとりはない。

とにかくえらい剣幕の、掛合い人から、息子が暮していた藻抜けの空き部屋の様子、また服装、健康状態、嘘八百の口上を聞き出し、私は息子が生きている確めを得た。連中の誰もが、人を見る眼に自信がなくなったと、その舌先三寸、欺しのからくりについて、感心して、うわべ恐縮しきった顔をつくりながら、私は、決して悪い気持じゃなかった、生馬の眼を抜く手合いの、上をいくんだから大したもんじゃないか。

この三年、津々浦々にお触れがまわって、手を出せなくなったか、四十を間近かにひかえ、地道な生きかたを始めたのか、お使者はあらわれず、そして私もめっきり体が弱った。公園の清掃を同じ年頃の爺さん婆さんと手がけ、みんな実によく病院へ行く、私は風邪にも神経痛高血圧息ぎれ眼まいに、いっさい縁がなく、そもそも医者は好きじゃない。でもまずは、一服つけて無駄話のあいまあいまに、チョイチョイ箒を持つ仕事っぷりの中で、愚痴やら自慢やら、昔の羽振りに加え、病気、治療法、薬も大きな要め、特に、長年、付添婦を勤め、どうやら手癖が悪くてお払い箱になったらしい一人が加わってから、癌や脳軟化症、心筋梗塞の耳学問が増えた。

胃袋のあたりが時に板のように突張り、食欲はあるのに目方が減り、さらにだるい。いまさら入院して、斬った張ったもぞっとしない。私は仕事を休み、これも気の弱りなのか、長の年月、身を責めて働きづめ、少しは楽してもいいだろうと考え、後、どれだけの寿命にしろ、飢死はしない。四十で後家となり、昼は主人の勤めていた会社の雑役、夜は大衆割烹のお運び、真珠のセールス、毛糸編み機の月賦集金、キャバレーの託児所で保母代りやら、その女給アパート賄い婦、息子を大学までやり、就職結婚させ、それでも郵便貯金額面三百万円が六口ある、息子が出奔してからというもの、アパート代食い扶持の他に金はかからない。

ぼんやり過ごすうち、無性に息子に会いたくなった、何のために生きて来たのだろう、末期の時くらい、母親としてはしくじったにしろ、手塩にかけたあの子に、そばにいてもらいたい、けちな詐欺で世渡りするにしろ、寸借の常習にしろ、息子は息子、十一年も見ないでいると、その面影すらあやふやになったようで、私はうろたえた。不思議なもので、主人の方は、ふっと体臭やら食べっぷりの記憶と共に、確かなのだが、お腹をいためたあの子の、眼鼻立ち口の利き方を、とらえようとして、もどかしい感じなのだ。

臨終の床で、せめて息子のやさしい表情を探ろうとしてかなわず、もやもやのまま、暗い奈落へ沈んでいくのは辛い。私は、以前、何度かこころみた尋ね人の広告を、全国紙二つに三度くりかえした、

「モモちゃん、母危篤舟町へ連絡乞う」悪いひっかかりを案じて名前は伏せた。モモちゃんは、息子の愛称、子供の頃、桃太郎にそっくりで、私の作った腹掛けが、とても似合った。縦六センチ幅二センチほどで、百万ばかりかかったが、惜しくはない。

息子がどんな暮しをしているにしろ、金は欲しいはず、そして私の貯金は死ねば息子のものだ。最後の広告には、相続問題につき、至急相談したしと、付け加え、だが梨の礫で、あの子は、昔から新聞を読まなかった。かりに相続の文字を眼にしたところで、相手にしないかも知れない、家出の当時は、見栄っ張りの後始末に追われて、ねっきりはっきり空っけつ、息子はアパートの自分の部屋だけでなく、私の分まで解約、敷金を手にいなくな

ったのだ。台所付き畳一間、女清掃人夫に、遺産は似つかわしくない。がっかりしているところへ、あの事件が起った、新聞雑誌がもてはやし、TVにもしばしば登場、とてもちっぽけな広告とは較べものにならない。しかもこれなら、あの子を呼び寄せることができる。私は郵便貯金をすべて下した、税金を節約するため、局も名義もそれぞれちがう、近頃の局はむやみに混んでいて、間が悪いと一時間の余待たされる、係りが私の顔を覚えていることはなかろう、それでも念を入れて二月待った。

札束の封を外し、新古混った千七百万円は、厚さ二十センチほど、百万円を別にして、残りを薄いビニールの風呂敷に包み、なるべくさりげない感じがいいらしい。あの事件より規模がちいさいから、騒いでもらうために工夫がいる、私は思案した、これで息子に会えるのだ、楽しい、浮き浮きする毎日だった。

私は出かけた。

「署長に会いたいってねお婆さん、帰っちゃったよもう、明日来なさいよ」

「今夜でなけりゃ駄目です、私、怖くて」

「泥棒にでも狙われてるの？」

警官は、神経衰弱の年寄りとふんで、とり合わない、「あなた、信用できる方ですか」私は、思いつめた眼付き、に見えるよう眉を寄せて低くいった、当直の私服制服七、八人してません」

が笑った。「じゃ、お渡しします、皆さんも証人になって下さい、私は、一枚も盗ったり

　私はお札の包みを警官に押しつけた、これは嘘でなく手が震えた、うまくいくとは限らない。「なんだこりゃ、婆さんこれを」「ヒロ、拾ったの」「どこで、何時」「H公園の南口の植込みのとこ」お巡り全員が集り、お札をながめこむ。私は奥へ招じ入れられ、五人が手分けして勘定するのに立合った、間違いなく千六百万円、万一を考え、指紋に注意したが、これだけ人の手がさわれば、もし私のが付いていても判るまい。

「夜おそく、どうして公園へなんか行ったの」当直責任者という交通課長がたずねた。私は言葉をつまらせ、そのうち本物の涙が溢れ出し、しゃくり上げ、「まあ落着いて、お婆さんを疑ったりしてない、本当に正直な人だと、みんな感心してるんだ、ただね、こういう大金が何故植込みの中に置かれていたか」「そんなこと知りませんよ、私はただ」

　体の具合いが思わしくないこと、そのため清掃の仕事もできなくなったこと、これは嘘じゃない、H公園南口あたりのたたずまいが好きで、公けの場所を汚す罪、仲間にかける迷惑は重々承知だが、あの静かな木立ちの中へ魂抜けて入りこみ、吊るのにふさわしい枝ぶりを、雲間洩れる月の光にたしかめつつ、一足ごとに踏む落葉の、かそけき音が聞きおさめ、思い定めたつもりでも、いざとなれば未練やら気おくれやら、どこをどう歩いたか、

ひょいとけつまずいて、みればかさばるビニール包み。不心得な者が、ゴミ集めに出しかねる犬猫の死体など、植込みに放り投げるから、止めたとはいえ職業柄、拾い上げれば、妙に軽い、しかも手ざわりがおかしい。

「本当にたまげました、丁度、水銀灯の近くで、お札とはっきり判りました」

「すると何か、お婆さん、首吊るつもりで公園へ行って、宝の山にぶつかったわけか」

「宝の山なんてそんな」「いやいや、たいへんなことだよ、物件の返還を受ける者、つまり落し主は五％から二十％の報労金を拾得者に給さなければならない、ざっと九十万円から三百六十万、またもし、六ヶ月経っても落し主が出なけりゃ、丸々、といっても贈与税だったかな、これを引いた残りがあんたのものになる、ほら最近あったろ、一億円拾った話が」

私は、ぼうっとしている風を装い、ただ首をうなずかせていた。

計算は半分当った。マスコミがたしかに書き立てたけれど、先人の受けた迷惑を考慮、写真を出さず、仮名扱い。ただし、私はたずねられるまま、後家となってからの生活、つまり女一人苦難の歳月を物語り、息子だけに通じる懸命のサインを出した。拾ったのは母、どうやら素姓怪しい金らしく、半年後には母のものになる公算大と、あの子に伝えなければならぬ。

曇り硝子越しにTV出演、身寄りはない、桃太郎そっくりな男の子がいたが、死んだと偽った。落し主が名乗りでなかった時の、使い途を訊かれ、貧しさ故にろくな供養もできなかった、主人と息子の菩提を弔い、残りで、施設に桃太郎人形を寄贈したいと答えた、「三途の川を流れてきた包みの中に、あたらしい桃太郎がいたのですね、贈られる桃太郎には、恵まれぬ子供たちがすこやかに育つよう、お婆さんの祈りがこめられているといえましょう」司会者が、うまいことといった。もっともその後に出た漫才は、「足許をまず確かめて首を吊れ」「吊ってから見つけ出してもおそ過ぎる」とひやかしたが。

私のプライバシーは完全に守られ、清掃仲間の一人が、当て推量して電話をかけてきたけれど、世にも情けない声で否定すると、あっさり納得、隣近所まるで気づいていない。

一週間でマスコミの潮がひき、私は、ぐったり疲れて、息子からの連絡を待った。マスコミの配慮は結果的によかったと思う、一時的にしろ、世間の注目を浴びているところへは帰りにくかろう、いかにも金が目当てとみなされる、だからまた、あれが失踪中ともいわなかったのだ、TV局得意の尋ね人で探されては、何分、脛に傷持つわけだし、出るものも出てこられなくなる。

息子は判ったはずだ、折角の金を、法事や人形に費やされては一大事、やきもきして、タイミングを計っているのだろう、根は気が弱い男、そこいらをうろうろしてんじゃないか。何度、窓から外をうかがいみたろう。どんな口実を考えてくるか、大学の授業料使い込み勤め先きでの横領、知人友人相手の寸借、じきにぼろは出るにしろ、たしかに口先きは達者だった。洋裁学校の生徒と一緒になり、先き行き嫁がデザイナー、息子が経営面を受持ち、店を出すとか御大層なふれこみ、しかし、同じアパートに借りた部屋の仕度金、夜具に箪笥台所用品まで私がそろえてやったのだ。しばらくは猫かぶっていた嫁、いややはり、勤めつぎつぎにしくじり、あげく夢みたいなことといっている息子に気を苛立たせ、甘やかすからだと私にも当った、そういう時、あの子はむしろ嫁に同調して、母一人子一人の場合、母親は父親の役もある程度担わなければならない、つまりきびしさが必要と、他人ごとみたいにいい、嫁が愛想つかし出ていった、私がいびり出した、どこまで自分の生活に干渉すれば気が済むのかと、荒れた。酒乱ならまだ話も判るが、あの子はコーラ専門、突如、私を蹴とばし、寝ている私の顔に醬油をこぼす、本当に気の休まることのない明け暮れだった。

息子が出奔したと判った時、たしかにほっとした、でもすぐ、雨が降れば濡れてるんじゃないか、秋立つ気配に風邪を心配し、救い求める声を夢にきいて身を起したり。五年経つとあきらめた、これがさだめと決めこんだつもりだったが。

「母さん？」息子が電話をかけて来た、「ああ」「元気？」「元気じゃないんだよ、お前どこ?」「へへへ、すぐそば」意味もなく笑うのがあの子の癖、「顔、みせとくれよ」「いいですよ、でもひどいじゃない、ぼくはとっくに死んじゃったなんて」「仕方ないだろ、死んだも同じなんだから」「まあまあ、とにかく行くよ」あっけないきっかけだった、ぬけぬけっとしたところが、いかにもあの子らしい。いざ再会となって、私の企みまんまと成功したわけだが、べつに気も昂ぶらず、うれしさがこみ上げるわけでもない、何もかも見抜かれているような脅えがあった。

「変らないねぇ」部屋へ入るなり、息子がいった、「変りましたよ、みてごらんこの白髪」「いや、TVとかさ、魔法瓶卓袱台座布団襖の柄、元のまんま、くっくっく」息子は、いやな感じに肥っていた、眼の下がたるみ鋭さはまるでない、私は、やたら口喧ましいくせに、煙草一箱でへいこらする公園の管理人を連想した。「おめでとう、よかったね、苦労の甲斐があったね、ぼくも母さんがどうしてるか気になってたんだよ。近頃、おかげさまで少しゆとりができて、高い閾（しきい）じゃあるけど、そこは血のつながりに免じていただいて、来ようと思った矢先き、びっくりしたなあ、でもよかったうん」ぺらぺらまくし立て、「母さんが拾ったと判った?」「正直いって始めは気がつかなかった。でもいくら名前伏せたって勘みたいのあるじゃない、はっとここにひびいてさ」抜け上った額の横を指さした、「ぼく心配になってさぁ、こすいのがいるからねぇ、いくら身許隠しても、嗅ぎつけてやれ寄付だ、共同事業だってもちかける、母さん人が好いからね、神さまみたいなとこがあるもんな」「まだ、何とも決っちゃいないし」「いや、名乗りでませんよ、ぼくの見るところ、ばっちりいただきだな」「そうかねぇ、ならもう少し早く拾やよかった、こう体が弱っちまっちゃ、いくら大金もらったって」「そんなことないさ、丈夫にならなきゃ、ぼくが面倒みるよ。本当、母さんには苦労ばかりかけて、災い変じて福となったからいいけど、もしあのまんま母さんに自殺でもされてたら、ぼくはどうすりゃいいのよ、親不孝者の烙印を背負って、この先生きていかなきゃならなかった」息子は畳に手をついて、頭をうなだれさせた。集金先きに私より早く出向いて、受け取ったのがばれた時、安いハンドバッグを買ってやると、何人もの女給から金を預り、着服した時、いずれも私がえらい苦労したのだが、息子は同じ姿で、前非を悔いてみせたっけ。

「面倒みるってお前、今どうしてんの」「F市にね、まあ上さんと」「へえ」「いろいろあってさ、今のはよく出来た女でね」「そりゃけっこうだね」「でさ、上さんとも話したんだけど、家に来たらどう？　たしかに母さん少し顔色よくないし、ここで寝つきでもしたらさ、そりゃぼくたち世話はするけど」「そりゃ一人は心細いけど、といって」「大丈夫、まかしとけって、上さんも是非是非ってね」

私はアパートをそのままに、郊外のベッドタウンF市へ移った、木造アパート2DK、上さんは東北訛りの頑丈そうな女、市内のスーパーマーケットで働く。息子は市民運動や福祉事業、自然食品、緑化推進に関わるそうで、その仕事の内容収入は不明、上さんの稼ぎがまさることは確か。十一年ぶりに、どんな姿形の息子があらわれると考えていたのだろう、いざ眼にすると、あれほど再会をねがっていたのが嘘の如く、ただ、若かった頃、さらに少年時代、幼年時代の面影をわずかにとどめる眉や耳、唇もと、なにより声に変りがなく、ながめるうち、昔の息子がよみがえった。

朝、上さんが出て行く、昼近くあれがベレーかぶって外出、町中とはいえやはり静かで、私はモモちゃんと呼んでいた頃の息子と遊ぶ、貧しい暮しながら、当時の写真は残っている、これをながめて、昔をしのぶことはあったが、それはあくまで固定していた、今は動くのだ、五足す五が十と、いくら教えても覚えず、知恵おくれかと悩んだ一年生の初夏、歯の検査で賞められたこと、遠足にもたせた葡萄を盗られたと、べそかいていた表情、すっかり忘れていたあれこれが、みるかげもない中年男になり果てた息子の、身ぶり口調により引き出されてくるのだ。

これは楽しいことだった、過去のどの一日も、たとえば息子の小学校時代といえば戦後の混乱のさなか、病気勝ちの主人の薬代を内職で補い、その死後はもちろん惨め、のんびり過ごした覚えはまったくないのだが、現在からさかのぼって遊ぶ分には、まったく無責任にいられる、こうあってほしい息子に変えてしまうこともできる。

　病気がどんな風に進行しているのか判らなかった、体の芯にいやな感じでわだかまるものがあり、日によって軽くもなれば、腹いっぱいにふくれ上る感じともなる、横になって一日うとうとしていた。そして息子と上さんのひそひそ話を耳にした、「起きてやしないか」「大丈夫よ、十分効いてるわよ」襖が少し開いて光がさしこんだ、「あんまり急でもヤバいしな」「私の身にもなってよ、あんただけでも重荷なのに、婆さんまでかかえこんで」「後四ヶ月ちょっとで千百万いただきじゃないか」「千二百万でねかったの」「税金とられて千百とちょっと」「ごまかしたら承知しねえよ」「ごまかす訳ないだろ、食事はずっと細くなってるな」「のべつまくなしに睡眠薬飲んでりゃ、食欲はなくなるわよ、一日うとうととして、極楽でない」「後一月かな」「辛気くせえ、まちっとほっといて、いよいよっつう時に」「馬鹿、誰が嗅ぎつけて、巻き上げにかかるか判りゃしない、タマを手許においとくのが一番」

　私は少し驚いた、息子の魂胆はのっけから見えすいている、ちびのくせに力の強い上さんも、一筋縄でいかない印象、しかし睡眠薬には気づかなかった、たしかに食欲が無くなっていた。

「私ももう長くないみたいだね」息子にいった、「ははは、何をおっしゃいますか、顔色もよくなってるよ、やはり空気がちがうしね」「いろいろよくしてもらって、私は幸せもんです」「いやだなあ、子供として当然のことじゃない」「思い残すことは何もないけど、せめて後四ヶ月ほど生きたいねぇ」「またまた、大丈夫だって」「四ヶ月すりゃ、例のお金が私のものになるだろ、お前たちに残してやれるのにね」息子は、どぎまぎし、精いっぱいふつうに装って、「べつにぼくたち当てになんかしてないけど」「ありゃ何だろ、私へのお上の御褒美なんだろ、正直に届け出たって。私が死んじまえば、それまでだものねぇ」

今度は息子、ずい分露骨にあわてた。死ぬことは本当に怖くない、でも、もう少し、昔の息子と遊びたい、それにやはり殺されるのはいやだった。

息子はだまりこくって、たてつづけに煙草をふかし、「死にゃしないよ、気を強く持ってさあ」とりあえず、危難を避ける思いつきだったが、思いがけぬ功を奏した。その日の夕食はお粥、凍み豆腐、卵のそぼろ、柳鰈、けんちん汁とまこと現金な栄養食、睡眠薬はひかえたらしく、今度は眼が冴えて困った。

四日間、まともな食事が続いて後、息子がいやな笑いを浮かべて私の枕元に、どさっと座った、「母さん、心配しなくても大丈夫だよ」「ありがとう、そういってくれると、うれしいね、いくらあきらめたようなことといっても、死ぬのはいやだものね」「そういうもんかな、くくく、この前の、拾ってから六ヶ月経たない前に、拾得者が死んだ場合ね、べつに権利はなくなんないって。母さんが気にしてるから六法を調べてみたんだが、あれは褒賞金じゃなくて、所有権が移るんだね、母さんが死んでも母さんのものさ」「ああ、そうなの」「親しい専門家にも確かめたの、ははは」いかにも気持よさそうに笑った。

それから、ひどいことになった、私がいつ死んでも、息子は税抜き千百何万円かを相続し得る。どうやら法律的な知識を仕入れてきたらしく、親である私に一服盛って、死にいたらしめたとなれば、権利が失われる、睡眠薬は用いないようだが、朝と夜は冷飯に沢庵、昼が素うどん、しかもおそくまで、ラジオをつけっ放しにして寝かせず、日中も雨戸を閉めたまま、さながら座敷牢だった。私は、しかし、以前と同じ夢うつつの態を装い、事実、いかにひもじくても、寝苦しくても、以前のあの子との、思い出をまさぐってりゃ、まったく苦痛を感じるどころか、楽しいのだ。

この楽しみを、許されるだけ味わいたくて、私はまた、息子にいった。

「でも馬鹿々々しいね、私がもうせん勤めていたキャバレーの社長さんはね、もうけた分、みんな絵とか刀に替えてたね」

息子は何を世迷い言といった顔、「いちばんいいのは現金なんだそうだけど、これは利を生まない、といって銀行に預ける、土地を買うんじゃ、相続税がたいへんなんだってね、だから、値上りして、しかも税務署に判りにくい、物にしておくんだって」「ははは、金持もそれなりに苦労があるんだよ」「どうも、私はやっぱり長くないね、それで癪にさわるんだよ」「なにが」

息子は少し気色ばんだ、「いえね、私が生きててお金をいただくだろ、そのまんまお前にやる、お前のことについちゃ、世間様は知らないんだから。お前、誰かにいったかい?」「いやいや」息子は、唇とんがらせた。「私がじかにお前に渡せば、相続税ってのが、かかんない。でもさ、期限の前に死んじまうと、とられちまう、大した額じゃないにしろ口惜しいじゃないかねぇ」「ずい分こまかいこと考えてくれてんだな、さすが伊達に苦労してない、ふふふ」息子は、また煙草たてつづけにふかして、虚空をにらんだ。

「ざっと計算したところで、三百六、七十万になるんでねぇの、後三月半は生かさなければ」「そんなことといったってなあ」「そりゃ検査してみなきゃ判んねえけんどさ、今の医学じゃ、かりに癌なら、後、何週間生かしとくべえかって、家族に訊くってよ、患者はかなり苦しむらしいけど」「金かかってしゃあないぜ」「賭けだわさ、婆さん、健康保険あんでしょ、大すた額にゃならねえべ」また、深夜、二人がひそひそ話合っていた。

「お前さんがたにこれ以上お世話はかけませんよ、永代供養をおねがいするつもりで、少し貯めていた分もあります、せめて母親の心意気さね、丸々お金を渡して上げるさ」私は、生活費として取り置いておいた百万円のうち、二十万をこれまでの食費として上さんに渡した、「三月半頑張りゃいいんだ、今はいい薬もあるしね。健康保険の効かない薬だっていくらかは使えるし」清掃仲間、中でも付添い上りに、事情はよく聞いていた。「お前、保証人になっておくれよ、いちおう手続きで要るらしいんだけど」「保証人?」「お金が入りゃ、すぐ渡してやるさ、渡したって証拠はないんだし。もし、期限の前に私が死ぬようなことになりゃ、息子として立場が良くはないかね、母親の面倒をみてたことが判って」「それ、いいでねえの」上さんが、鼻ふくらませていった。

私は、八十万円の前金を出し、一日の差額七千円の個室に入った。息子には、顔を見せてもらいたいが、他に見舞い客の当てもなし、妙に目立って、後に災いを残してもつまらぬといった、「そう気にしなくても、まあ暇をみつけて、ははは」気を楽にした様子、「入院費くらい出せりゃいいんだけど、何分、ぼくの仕事はボランティアが多くて」ベレーにぎりしめて、そそくさと帰った。

さんざ検査され、医者は、「疲労に加えて栄養失調だね、まあ、もう少し様子をみて」あいまいなことをいった。私は、思案の末、騒ぎの時、いちばん素直に記事を書いてくれた週刊誌編集部に電話をかけた。病気と貧しさに押しひしがれて、首を吊ろうとした老婆が、思いがけず金包みを拾得、匿名ながら時の人となったものの、金の入るのは先きのこと、情けある方の配慮で病院へ入ったけれど、そうは甘えられぬ、「恥ずかしいことですが、生れて六十五年、十万とまとまったお金を手にしたことがありません、なんとか息のあるうち、千万円とかの、自分のお金を抱きしめてみたい、落し主の方が出れば、私の手から渡したい、もし出なければ、私の手から施設に贈りたい。それまでの入院費用をお立替えねがえませんか、五％以上という報労金にしろ、贈与税をとられた後のお金ならもちろん、お返し出来ます」

週刊誌がのった、見舞い客を装って、記者が私に施される治療手段をカメラに収め、心境を録音した、二月、三月経っても落し主はあらわれぬ、まずお金の所有権は私に移ると考えて当然、それまで私を生かして、瀕死の床で執念の札まみれにいたるまでを、ルポとやらに仕立てることができるなら、付添婦や特別治療の費用一時立て替えも、割りに合うのだろう。

この希望がかなえられた時、私は、たしかに死病にとりつかれていると判った。寿命の期限と、お金のそれが追っかけっこだから、新聞社ものったに違いない。私は記者を通じて弁護士に依頼、正式の遺言状を作った、千六百万円拾得により、私の受け取る金は、立て替え金、弁護士費用を完済した上で、施設に寄付する。

病院も事情のみこんだらしい、面子にかけて三月ばかり、私を延命させようと、すでに手術の時期をのがしているから、放射線や制癌剤をやみくもに施し、かなりの苦痛を伴った。食事もほとんど摂れなくなったが、輸液と、食道にチューブを通して栄養分を補給する。もちろん下の用は他人まかせ、病室も、看護婦上りの付添婦が泊りこめる、次ぎの間つきの広い部屋へ替った。

十日に一度、息子がこっそり顔をみせる。母とほとんど会話を交わさず、ベッドの周辺に交錯する管、ものものしい生命維持のための器具、心臓の動き写し出すブラウン管などに気押されるらしい。そわそわと、いつも窓の外をながめ、狭いベランダにやって来て餌をねだる鳩に、パンのかけらを投げてやる。母はそういった息子の姿眼にとらえつつ、過去の記憶にのめりこむ、宿題を忘れてあわただしく、手伝ってやった朝。アルバイトして車を買うといい出し、結局、母が大半を出して中古を求めたが、たちまち人身事故を起し、二人平謝りに謝ったこと。ずい分年上の女とつき合い、あげく男におどかされ、金で許しを乞うたこともある、やっぱり息子がいてよかったと母は思う、ずい分苦労させられたけれど、今は、こうやって楽しい思い出に、浸っていられる。「母さん、一つおねがいがあるんだけどね」「なに?」「お前、どっかに墓地を買ってくれないか」「ボチ?　ああお墓」「そう、お父さんのお骨もお寺に預けたままだし、心残りでね」「墓地ねぇ、丈夫んなってから、一緒に探そうよ」「そういってくれるのはうれしいけどさ、母さんもう駄目だよ、期日までは何とか頑張ってみるけど。それになんだよ、お前が唯一人、血を分けた子供じゃあるけど、それ、そのしばらくいなかったろ」「しかたなかったんだよ、今更そんな昔のことを」「いえね、責めるんじゃない。ただ遺産を相続する時、先祖の霊を祀る者っていうのが、大事らしいんだね」「先祖の霊ね、ふーん」「百万も出しゃ、霊園の中の、ちいさな墓地が買えると思うよ、母さんの最後のおねがいよ」

息子は不得要領な表情でもどっていったが、二週間後、たしかに入手したと、売買契約書を母にみせた、「ありがと、これで成仏できます」母は、さらに弱って声も耳を寄せねば聞きとりにくい。息子は、墓地の件を妻に相談したが、ケンもホロロに断わられ、弁護士の話では、兄弟で相続の場合、先祖の祭祀を継ぐ者が有利になることはあるという。息子一人なのだから関係ないが、いくらか気もとがめて、市民運動のカンパを流用、百三十万で買ったのだ、すぐ穴埋めはできる。

母の生命を支えつづけたものは、昔の、自分と息子の記憶であり、今の息子に対する悪意だった、むくんだように肥って醜い息子を、おとしめてみるほどに、以前が輝かしく光を放つ。醜い息子は、さらに惨めにならなければならない。千六百万から贈与税をひかれて千百二十万、入院治療費は、すべてこみで月百二十万の三月分、弁護士に二十万、残り七百四十万。弁護士には、失踪中の息子がいるとつげていた、母が、施設に寄付といっても、名乗りでれば、相続人の遺留分として、半分について権利がある、つまり三百七十万、このうち墓地を買わせたから、二百四十万が濡手で粟の息子の取り分。

母は、わずかに残った力で、生命維持装置の、管をいくつか外した、ふっと胸が詰ったが、尋ね人広告の文章を考えると、つい笑いが浮ぶ、「モモちゃん、連絡せよ、母死す、母は最後まで、モモちゃんを愛していた」社会面の下段、縦六センチ横二センチの広告が、全国紙三つに出る。「息子はどうせ来やしないでしょう、せめて母親の気持を残しておきたいんです」息子が出てこなければ、全額、施設へ寄付されてしまう、そのうちの二百四十万で、最後の呼びかけをすることは、母親として無理もない。もしあらわれたら、その遺留分から広告費をさっぴけばいいのだ、母をかえりみない息子が、その死後のこのこあらわれて、相続をいい立てるなど不都合きわまりないと弁護士は考える、残りの百三十万でさえもったいない。

その百三十万は墓地代だ、どうせ借金したのだろう。一文も入らずうろたえきった息子の表情を思うと、気持が弾んだ、昔もあの子はよくうろたえていたっけ、母は、ずっと息子をいじめつづけてきた、それが生きる支えだったことに、ようやく気づく、そして、今は死出の旅路に頼む杖、ほほほほ。

冬の林

大庭みな子

■おおば・みなこ　一九三〇～二〇〇七
東京都生まれ。主な作品『三匹の蟹』（芥川賞）『寂兮寥兮（かたちもなく）』（谷崎賞）

初　出　『別冊中央公論　大岡昇平監修・推理小説特集』一九八一年七月
底　本　『楊梅洞物語』（中央公論社、一九八四年）

「お母さんはいつ家を出て行ったの」

桐子は母の千代子の通夜客がみんな帰ってしまったあとで、母の棺のそばに、蒲団を敷きながら訊ねた。透が千代子の脇に寝てやろうと言ったからである。

さっきまで十分置きぐらいに襖をあけては覗いたりしていた桐子の双生児の小さな子供もやっと寝入ったらしく、姿を見せなくなった。

千代子がこの家から最後に出て行ったときのことを訊いているのである。

「夕方、そう六時頃だったかな」

「その前に電話がかかって来たのではないの。いや、すぐ前にではなくても——」

午後、電話が二度くらい鳴ったような気がするが、気にもとめなかった。

「かかって来たかもしれないが、それにどういう関係があるというんだね」

「初めから、あの人に会うために出て行ったのではないかしら。だって、この寒いのに、そんな時間に——もう薄暗かったでしょうに、どうしてそんな時間に海になんか行ったのかしら、それも、一人で。それとも、お母さんは、そんなによく一人で海に散歩に出かけていたのかしら」

「千代子は散歩が好きだったよ。茶花を探すとか言って、海辺の林を歩いていたことはあったようだよ。最近は枯れた紫陽花や山芋の蔓の乾いたのがよいと言っていた。急に明日の稽古に使うことでも思いついて、出かけたんじゃないか」

透はどういうわけか、自分が、千代子の外出に正当な理由を見つけようとしているように感じた。どうしてそんなことをする必要があるのだろう。死者のために弁護しているようでもある。

だが、桐子はなぜそんなことを訊くのだろう。千代子が見知らぬ老女ともつれあって海辺の崖の上から落ちて死んだということは、なるほど普通の死に方ではなかった。しかし、千代子が水野けいという老女と知り合いであるという話は聞いていなかった。

透は顔を上げてぎくりとした。蒲団を敷き終ってふり向いた顔が千代子だったからである。けれどその顔は直き桐子に戻って言った。

「最近、お母さんの言っていたことで変なことはなかった？　わたしは長い間お母さんと一緒に暮していなかったので、お母さんに妙なところがあったとしても、よくわからないのよ。お母さんはなんだかわたしがアメリカに行く前とは変ってしまったようにも思えたけれど、それはただ年をとったからだと単純に考えていたの。

でも、どうしてこんなことが、——そんな見も知らない人の自殺を止めるために、自分を危くしてまでもつれ合うかしら。どう考えたって変よ。普通じゃないわ」

「あのばあさんはお前の病院に勤めていた医者の奥さんだということだが、知っているとすれば、お前のほうじゃないのかね」

桐子は黙った。うつむいて押し黙ったその仕草がまた千代子に見えて、透は顔をそむけた。「千代子はいつも一人で出歩くやつだった」

透は答え、妻には自分とは違う世界があったのだ、とわびしくなった。熱海に茶と花の出稽古に行っているという口実だったが、弟子の名前などいちいち訊いたこともなかったし、またその帰りに息子の家に寄ってくると言い、終電で十二時近くにタクシーで戻るというようなこともよくあった。

しかし熱海の息子の家にしばしば立ち寄っていたことは、息子の話でも事実らしかった。息子の恭雄は、さっき小さな子供たちを寝かしつけている妻のいる二階に上って行った。

千代子は急な事故死で、医者の恭雄は手術中だった。大きな手術で、知らされたのは手術後だった。死んでしまった母親より、生きていて急変するかもしれない患者のことが気がかりな様子だった。

医者などにするのではなかった。死んでしまった人間を生き返らせられるわけでもないのだから、と透は思った。

恭雄は母親の棺を前にしてさえ、何回も病院に患者の様子を訊ねる電話をかけていた。手術は上手く行った様子だったが、翌朝、一度様子を診に行かねばならないと言った。車で四十分くらいで行ける距離だから、出てこられたと言い、それが恩着せがましくも聞こえた。

つまり、これが真面目に生きているということなのだ、と透は恭雄の言動を眺めた。いや、親の死などは時が経ってから、思い出すものなのだ。透は自分が親を亡くしたときのことを思い浮かべた。

いったい何故千代子はあんな時間に海辺の崖に行ったのか。そこは週末なら、釣り人の姿をよく見かける岩場の、二十メートルもの切り立った断崖で、そこまで行くには岩場を下ったり上ったりしなければならなかった。途中に赤い前垂れをかけている小さな地蔵が立っていて、花が供えてあることもあった。

千代子はその崖の上から身投げしようとしていた老女をとめようとして足を滑らせたということだった。

死に方が死に方なので、警察からも人が来ていろいろ訊問された。まだ薄暮だったので少し離れたところに釣り人が二人ばかりいて、そのときの気配めいたものを告げたが、要領を得なかった。

「ええ、女の人が二人話していたように思いましたが、そのうち、何か叫び声が聞こえたと思ったら、二人とも、もう落ちていたんです」

「知り合いの様子だったかね」

「さあ、そんな風に見えましたが、でもずっと見ていたわけでもないから。それに、五十メートルも離れていましたし、この波の音でしょう、何を話しているかは聞こえませんでしたよ」

「どのくらいの時間、二人はそこにいたんだね」

「さあ、気がつきませんでした。叫び声が聞こえる少し前に、ああ、人がいるな、とは思いましたが、魚が喰い始めるいい潮時でしたから、それどころじゃありませんでしたよ」

切り立った岩のある荒海で、ほとんど即死だったらしいが、千代子の死体は後頭部がざっくり割れているだけで顔はきれいだった。

千代子はその老女とは知り合いではなかったが、老女の死んだ夫は桐子が知っていた。桐子の勤めている老人ホームの附属病院の医師だったから。

その医師は透と同年配で、二月ばかり前、その同じ場所で死んだのだった。そのとき、そばに妻がいたが、夫の水野医師は急に立ちくらみして、足を踏みはずしたということだった。日頃から血圧が高く、めまいすることがあった様子だという同僚の証言があった。死んだ水野医師は若い頃釣りが好きで、今でも海に出たがっていたが、妻のけいが健康のこともあって止めていた。海をみるのが愉しみで海辺の林はよく散歩したが、岩場に行くときは必ず妻が同伴した。

「この辺は岩場で足元が危いし、いやだったんです」

けいはしゃくり上げていた。そのときも一応警察のとり調べがあったが、事故死ということになった。それから二ヵ月後の今日の出来事だった。水野医師の四十九日を済ませて、子供もない一人残された老妻は生きている気もしなくなり、同じ場所で飛び込もうとしたという推定だった。

「生きていたって仕方がない」

というような言葉を洩らしていたということだった。たまたまそばにいた千代子が止めようとして、一緒に落ちたらしい。

わずかの間に同じ場所で三人死んだわけで、その崖に出る、林から下る細い道の脇に立っている赤い前垂れをかけた地蔵の意味もわかるような気がした。潮風に這う低い松や、からんだとべらをくぐるようにしてすり抜ける、溶岩台地の岩の多いざらざらとした地盤である。

むかしから、似たようなことがよく起った場所だったのかもしれない。透はこの海辺の新しい家に移って来て、まだ一年余りしか経っていなかったので、この辺りの事情にも不案内だったが、妻の突然の死で、急に自分の知らない過去の物語が鮮やかに起き上ってくるような気がした。

「あそこは林からはずいぶん離れているもの。あんなところに一人で行くはずがない。あの人に誘われでもしなければ」

桐子は言った。

「さあ、まあ、近くなんだから、顔見知りぐらいのことはあったかもしれない」

透は水野夫人がその岩場からいくらも離れていない丘の上に住んでいると後になって聞き、あやふやに答えた。

「だって、三日ほど前、お母さんはわたしに水野先生のことを訊いたんだもの」

「じゃあ、なぜそのことを警察に言わなかったんだ」

透ははっとしたが、直き押し黙った。二人とも死んでしまったのだから、今更どうなるものでもない、と思ったからだ。

「いや、そんなことはどうだっていい」

透は何となくこれ以上聞きたくない話のような気がした。すると桐子は蒼ざめた顔でつけ加えた。

「ただ、水野先生の奥さんと海岸で会ったのは偶然じゃなかったと思う」

「どういう意味だ」

「呼びだされたんじゃないかしら。お母さんは、あの人に、何か、いいがかりをつけられたのよ」

透は再びはっとした。それは千代子が水野医師を知っていたということなのだろうか。

「何の言いがかりを」

「きっと、死んだ水野先生のことで」

「水野先生をお母さんが知っていたというのか」

「さあ、そんなことはないと思うけれど」

「お前は知っていたんだろう」

桐子は蒼ざめたままだった。

「それは、——勤め場所で顔を合わすことはあったけれど、老人ホームの附属病院といったって、それだけじゃとても立ち行かないし、外部の人たちも来ていた普通の病院だったから、いつも会うようなことは——」

「水野先生が死んだことは新聞に出たんじゃないか。近所の人たちの話もあったかもしれないし、お母さんも話ぐらいは知っていたことは考えられる。だけど、近所づき合いだってそうあったわけじゃないし、知っていたとすれば——病院で診て貰ったことでもあったのかしら」

透は桐子が何を言おうとしているのかということが気になったが、ばかばかしい気もした。死んだ男の妻に言いがかりをつけられるとはいったいどういう意味なのか。

「どうして、こんなところに引っ越しして来たの」

桐子の口調は詰問する刺があった。

「どうしてって、——千代子の希望だった。何もかも、千代子が計画した。おれたちはみんな東京の家を改築するほうがいいと主張した。でも、お母さんは東京の家が嫌いだったんだ。

お前も恭雄もいなくなってしまったのだし、お母さんがせめて恭雄のそばに住みたいという気持もわかるような気がして、渋々だったが移って来たんだ」

透は言いながら、ここに引っ越して来たことまで水野医師に関係があるのかと、思わず桐子を見返した。

「お前は何が言いたいんだ。お母さんが水野先生と親しい間柄だったとでも言いたいのかね」

「そういうことではないの。お母さんが水野先生ととくべつ親しい間柄だったようなことはないと思うけれど、それなら、なぜ、そんな知らない人の奥さんなんかにかかわり合うような気持になったのかしら」

桐子は何かべつのことを考えている目つきで遠くを見た。

「水野先生が死んだときは、ほんとうにびっくりしたのよ」

そのとき透は、ふと、桐子が最近ふさぎ込みがちだったことを思い出した。もしかしたらあの水野医師の事故死後ではないのか。葬式に行って、帰って来て、二人の子供たちに理由もなく当り散らしていたことがあった。

そう言えばつい最近、千代子と桐子が誰かのことで愉快でない感じで話していたことがあった。千代子は詰問する調子だった。

「――だって、勤め場所が同じなら、顔を合わせて話すようなことはあったんでしょう」

「それは、まあ、あの先生、むかしアメリカに留学していたことがあるらしくて、アメリカの話ぐらいはしたことがあるわ」

誰の話をしているか気にもとめていなかったのだが、それは水野医師のことではなかったのか。

「いったい、どんな人だったの」

「どんな人って、――お父さんぐらいの年で、どこといって変ったこともない人よ」

「奥さんのこと知ってるの」

「知らないわ」

「奥さんのほうが年上なんだって？」

「どうしてそんなこと知ってるの」

何と答えたのだろう、千代子はそのとき、近所の人から聞いたとでも言っていたのか。

千代子の声は不機嫌だった。

「むかし、看護婦をしていた人だそうよ。御主人がまだ医学生の頃、結婚して、学資をみついで卒業させたって話よ」

どうしてそんな話を千代子は知っていたのであろう。そのときは何げなく噂話として聞いていたのだが、今になってみると、何か意味があるような気がする。

しかし、そのとき、おれは新聞か何か読んでいて、身を入れて話を聞いていなかった。

「お母さんは、水野先生の奥さんのことを、根掘り葉掘り聞いていたわ。

そのくせ、わたしの知らないようなことまで知っていたわ。とにかくお母さんは水野先生か、水野先生の奥さんのことに、何か関心があったのよ。

今になってみると、わたし、思い当ることがあるの。あの人はきっと、お母さんに――

そうよ。きっとそうなんだわ——だから、お母さんは出かけて行ったのよ」

桐子は蒼ざめていた。

透は千代子が死ぬ三日ばかり前、言った言葉を思い出していた。

「あなたに、六十すぎてから女に迷ったりする元気があるかしら」

それは、その六十過ぎた医師のことを言った言葉だったのだろうか。彼は死んだ妻の姿を女として思い浮かべようとした。千代子がこの新しい家に移って来て以来、急に色めいてきたように思われたのは、そういうことだったのだろうか。茶と花の師匠を始めて、若い娘たちと一緒に笑い声を立てている姿は、彼をなぶっているように思われた。

千代子は急に大胆になり、彼を執拗に誘った。実際、彼女は気味の悪いほど濡れていた。

そして嗄れた声で彼を妙な気分にした。

「あの女は今頃どうしているかしら」

三日ほど前、千代子は二十年も前の話を蒸し返した。

「どの」

透が白っぱくれると、千代子は言った。

「あの女を殺してやりたかったわ。そうできたらどんなにすっきりしたかしら」

彼女は嗄れた声で笑った。

それは桐子が交換留学生でアメリカに行った年で、そのままアメリカに残ってアメリカの大学に行きたいというようなことを言い出していたときだった。

透は白っぽくれてはいたが覚えていないわけではなかった。妙なことがあったのだ。彼が幾分親しくなりすぎたように自分でも思えた若い女が社内にいた。ときどき食事を一緒にしたりする程度だったが、何かしたはずみにふらりと女のほうに倒れかかりそうになることがあり、はっとした。

あるとき、女と一緒に歩いていたところを、千代子の親しい女友達に見られたことがあった。多分その友人に囁かれたのであろう。その後間もなく千代子が癇を立て始めた。とるに足らないことだったので、気にもとめないでいたのだが、しばらくして女が急によよそしくなった。

彼はその女とのことを前から冷やかし半分に周囲の者にからかわれることもあったりした。べつにやましいことがあるわけでもないのでにやにやして言わせておいた。それはともかくとして、急変した女に彼は幾分不愉快だった。機会をつくって、女に問いただすと、女は人が変ったように開き直って言った。

「課長、奥さまにいったい、わたくしのことを何ておっしゃっていたんですか。迷惑です。この間、奥さまが、わたくしのところに突然訪ねていらして、——会社からあとをつけていらしたんですよ。へんなことをおっしゃったんですよ。

他人のものを盗るのなら、殺される覚悟はあるんでしょうね、って言うんです。出刃包丁を持っていたんですよ、あたし見たんだもの、ぎょっとしたんですが、どうやら、課長のことらしいわ」

女の眼は嘲笑していた。

「どうせ、そんな疑いをかけられるのなら、いっそ、もう少し愉しめばよかったんじゃないかしら」

女の眼は大胆にきらめいた。

「でも、あたし、殺されるのなんか、真っ平。奥さん、人殺しをずうっと夢みているんですって、いつか、人を殺して自分も死にたいんですって。おお、こわ。あなたから離れなければ、つきまとって絶対あたしを殺すんですって。

課長、それでもあたしに親切にして下さる勇気おありになる？

残念ながら、あたしは辞退します」

女はもう一度彼を蔑むように見下ろし、くるりと向きを変えようとして、もう一度、とどめを刺すように言った。

「あの人、精神病ね」

透は返す言葉がなかった。顔を赤くして、しどろもどろに言いわけした。

「そんな、ばかな。信じられない話だけど、ほんとうなら、あやまる」

千代子が癇を立てていた言動など思い出し、万が一あり得ないことでもないと思ったからである。女が行ってしまうと、彼は無性に腹が立って来て、大急ぎで家に帰り、千代子の顔を見るなり怒鳴りつけようと思った。

けれどその日は姉が来ていて、遅くまでいた。次の日は妹が来た。その次の日は、千代子が留守だった。三日とも、千代子は彼が眠ってしまってから、部屋に来て、朝目が醒めると、千代子はもう起きていて、母がそばにいた。

その三日の間に彼は幾分落ちついた。社内にその女が千代子のことを言いふらしはしないかと心配だったが、その気配はなかった。千代子が女のことを何も言わなくなったのが、女のところに訪ねて行った証拠のように思われた。やはり確かめておく必要がある。そんな非常識なことをこれから先、たびたびされてはかなわない、と思ったからである。

しかし、できるだけ、おだやかに、何げなく言うほうがいい、女に妙なことを言われて四日目に彼は思案した挙句、言葉を選んで切り出した。

「会社で妙なことを言われた。おれは腹を立てている。みっともない真似はしないでくれ」

するとと、千代子は無表情に言った。

「何のことかしら」

「白っぱくれないでくれ、浜口さんに言いがかりをつけたそうじゃないか」

するると突然、千代子は顔を紅潮させて憤怒にかられたように叫んだ。

「何言ってるんです。そっちこそへんな言いがかりはつけないで下さい。あの人あなたの留守に電話をかけて来て、言ったんですよ。あなたにつきまとわれて困っているから、奥さんから意見してくれ、って。わたし、腹が立ったけれど、自分もばかげたやきもちやいていたところだったから反省して、あなたにどう言ったものか考えていたところだったんです。さんざん考えて、何も言わないことにきめたんです。いったい何てことかしら。あの人、気が変なんじゃないの？」

彼は何が何だかわからなくなった。あっけにとられて妻の顔をみつめ、また無性に腹が立って来た。今度は浜口のところに走って行って怒鳴りつけたい気分だった。

そのとき千代子は彼の心を見透すように言った。

「浜口さんて、少し変な人なんですから、もう絶対親しくなんかしないで頂戴。何を言い出すかわかりませんよ。今のような話を聞けば、わたしだって、いくら作り話にしたって気分はよくないわよ。だってあなたが親しくしていたことはほんとうらしいじゃないの」

彼は気が遠くなるような不快さで押し黙った。その後浜口の様子を観察していたが、つんけんして、彼にそれ以上問いただす気も失くさせた。どちらかが嘘をついているようにも思ったが、どちらもほんとうにそう言ったかもしれないような気もして、自信がなくなった。あるいはどちらも嘘をついているのか。その女は間もなく再婚して会社を辞めてしまった。離婚歴のある女で、子供が一人いたということだった。

その女のことを千代子が三日前に突然言い出したとき、彼はもう一度不愉快になった。そして、やはり、あのとき、千代子が浜口を脅したのはほんとうだったと確信した。白けた気分になったが、二十年の歳月はすべてのことをぼんやりと霞ませてしまっていた。暗い森の中で二匹の狐に化かされたような気がして、彼は千代子の嗄れた哭き声を聞いていた。

そのことが千代子の死に関係があるのだろうか。もしかしたら、——彼は考えたくないばかばかしい想像を払いのけようとして、見たことのない水野医師とのことをちらとよぎらせた。

棺の中に眠っているのは、狐ではあるまいか。彼は千代子の顔を見ようとして棺の小さな扉をあけかけて、ふり向いた。

桐子が喋り出したからである。

「お母さんは、あの人に呼び出されたのだと思うわ。だって、あの人は、わたしのところへ二度も電話をかけて来たのだもの。わたしの居ないときにお母さんが出たのよ。

あの人は、水野先生のことで、わたしに言いがかりをつけていたのよ。わたしと水野先生が親しい間柄だったと言って、わたしが、あの人から水野先生をとろうとしていたって言うのよ。もしかしたら、水野先生は、あの人に殺されたのかもしれないわ。

そして、お母さんも、あの人に突き落されたのよ」

透は思わず、辺りを見まわした。

「お前は、ほんとに水野先生と親しかったのか」

「わたしたちは、べつに何でもない間柄だったわ」

それは不透明な、何とでも解釈される言葉だった。

「わたしたちはただ知り合いだっただけよ」

彼は、二十年前の女のことを思い出し、その女のことをただ、知り合いだったと自分が答えそうな気がした。

「わたしたちは、何でもなかったのに」

桐子は繰り返した。

「でも、お母さんは、わたしが殺したのも同じことだわ。わたしが行っていたら、わたしが殺されていたかもしれないわ」

「妙なことを言い出さないでくれ」

「お母さんは殺されたのよ」

「お前は水野先生の奥さんを知っているのか」

「お葬式のときに、会っただけよ。でも、そのときはべつに普通だったのよ。だから、水野先生が死んだとき、わたしもべつにその死に方を疑わなかったのよ。

水野先生はお父さんと同じ年よ。わたしが離婚して、二人の子供を育てていると、同情して、よくしてくれた方よ。ただそれだけよ。

水野先生は、わたしが子供を養って行けるのかと心配して下さったわ。いい方だったのよ。だけど、奥さんにそんなことを言われていやな気持だわ。

水野先生が、わたしのことを奥さんに違うふうに言っていたのかしら。あの奥さんは、わたしが水野先生を連れ出そうとしていたなんて言うのよ。連れ出すって、いったいどこに連れ出すのよ。どういう意味かしら。

水野先生ののど笛にガラスの管を突き立てて、血を吸っていた吸血鬼だなんていうのよ。わたしが水野先生にとりついたので、水野先生は鬼みたいになって、とうとう海にひき込まれてしまったと言うのよ。

幽鬼というのは当っているかもしれないわよ。何となくそんなふうに思えることがあったもの。支えないと、倒れかかって来そうになることがあった。そんな年でもないのに。老人ホームのおばあさんたちに結構もてていたのよ。水野先生がよくして下さると、おばあさんたちに厭味を言われたりしたわ。

ふん、ばかばかしい。わたし六十越したような男の人になんか全然興味ないわ。なんだか気持が悪くって。あの奥さんは七十ですってね」

六十三になる透は軀の力が抜けるように感じた。

桐子は父親のこともそう思っているに違いない。

「水野先生はわたしを養女にしようって、奥さんに言ったんですって。夫婦とも少しおかしかったのかしら、養女っていったい何ですか、わたしだってバカじゃありませんよ、ってあの奥さん、電話口で怒鳴るのよ。わたしを養女にして財産をゆずるつもりだったんですって。ふん、ゆずるような財産なんてありもしないくせに、こっちがお断りよ、あんなじいさんばあさんの面倒みるなんて。あなたは、外国人の子を生んだ女だっていうことじゃありませんか、とも言ったわ。

あなたは主人にとりついて殺したんですから、今度はわたしがあなたにとりついて殺してやります。あんたは死ぬのが怖いでしょう、でも、わたしは死ぬのなんかちっとも怖くありません、だから、わたしのほうが強いんです、って気が変になったみたいに笑うのよ」

桐子の顔に忘れていた浜口の顔が重なった。浜口の桐子は海の底を歩いている水野医師につんけん当り散らしていた。おどおどしている水野医師が過去の自分に重なった。いや、おれはあのときまだ四十代の男盛りだった。

「あのおばあさん、きっと、少し頭がおかしかったのよ。だからわたしに電話口で言ったようなことを、お母さんが出たときも言って、お母さんを呼び出したのよ。わたしがとり合わなかったので、代りにお母さんが出て行って、殺されてしまったのよ」

透は崖の上で言い合っている二人の老女の姿を思い浮かべて背筋が冷たくなった。一人の老女は夫が死んで——夫を殺して、もう生きている理由がなかった。

「だけど、わたしがもし出かけて行ったら、あんなおばあさんより、わたしのほうが力が強いから、ふり切って逃げられたわね。でなければ、はずみで、あの人を殺していたわね。きっと、お母さんは、あの人にありもしないことを吹きこまれて、かっとしたのよ」

つきまとって、絶対殺してやるとか、人を殺して自分も死にたいと言ったのは千代子ではなかったのか。それともそれは浜口の作り話だったのだろうか。あるいはその作り話をそのまま千代子に伝えた透の言葉を千代子が覚えていたのかもしれない。

もう生きている理由のない老女もまた、それに似た言葉を千代子に言ったのではないか。

千代子は娘の桐子が殺されると思ったのではないか。

「あんなばあさんに殺されてたまるものか」

桐子は千代子とそっくりの眼をかっと見開いて叫んだ。

「だけど、殺されちゃったのよ、お母さんが。わたしを助けてくれたのよ」

桐子は再び桐子自身の眼になって、静かに泣いた。

「人はみんな死ぬんだから、死に方くらい選ぶ権利はあるわね」

千代子の口癖が、甦り、それが浜口の、「あなたの奥さん、人を殺したいんですって」という言葉に重なった。殺したのはどちらであろうと透は背筋を凍らせた。

桐子は涙を拭いながら、棺の蓋につけられた仏の顔の覗ける小さな扉をあけて、母親を見た。透がこわごわ覗くと、千代子は生きているように見えた。そこに桐子が臥（よこたわ）っていることもあり得たのだろうか。

透が生まれたとき亡父が買ったという柱時計が三時を打った。櫺子（れんじ）の窓ぎわのれんぎょうの枝に山芋の蔓でも絡んでいるのか、実のはじけたあとの枯れた殻か何かがかさかさ鳴っている。誰かが冬の林を枯葉を踏んで歩くような音がした。

立ち上って障子を引くと、犬か何かの後姿が見えた。狐のような大きな尾が見えたような気がした。

ドラム缶の死体

田中小実昌

■たなか・こみまさ　一九二五～二〇〇〇

東京都生まれ。主な作品「浪曲師朝日丸の話」（直木賞）『ポロポロ』（谷崎賞）

初　出　『別冊中央公論　大岡昇平監修・推理小説特集』一九八一年七月

底　本　同右

その死体はドラム缶にはいってきたという。

前にも、ドラム缶にいれてはこばれてきた死体はあった。そんな死体はいくつかあったかもしれないが、墜落したジェット戦闘機のパイロットの死体もそうだった。墜落した場所は横田基地の近くだときいた。

しかし、横田基地はアメリカ空軍の爆撃機基地で、戦闘機基地は、そのほとんど真北の豊岡のジョンソン基地だった。横田基地とジョンソン基地は近い。とくに、ジェット戦闘機にとっては一瞬の近距離だろう。

いや、そのジェット戦闘機は横田基地の近くに墜落した、とぼくはきいたが、それは、ジョンソン基地の近くでもあったのではないかとおもうのだ。もっとも、ぼくは横田基地ではたらいてたことがあり、B29爆撃機などのほかに、ジェット戦闘機はなんども見かけている。じつは、ジェット機というものを、ぼくは横田基地ではじめて見た。ジェット噴射口のうしろの空気が、溶かしたガラスのようにゆがんでふるえているのが、ものめずらしかった。

豊岡のジョンソン戦闘機基地にも、ぼくは横田基地からなにかの用でいったことがある。たしか、ジープで一時間たらずのドライブだった。ついでだが、豊岡町は入間市に、ジョンソン基地は自衛隊の入間基地になっている。

墜落したジェット戦闘機のパイロットの死体がドラム缶ではこばれてきたのは、死体がぐちゃぐちゃにとび散っていたからだ。ジェット戦闘機の乗員は二名で、どれがどっちのものだかごっちゃになって、往生したよ、その解剖を手伝った村井は言った。村井は広島あたりの中国地方の育ちなのか、こまったよ、なんて言葉より、往生した、という言いかたが、ほんとに往生したみたいだった。

しかし、ばらばらのちいさな肉片になった死体を解剖するというのは……そんなことは、どうでもいい。

ドラム缶にいれてはこばれてきたジェット戦闘機員の死体のことから、ぼくはアメリカのS・Fのある短篇をおもいだした。超音速ジェット機のテスト・パイロットのはなしだ。スピードが音速をこえると、なにがおこるか？　なんてことが、はなしになってたころのS・F短篇だ。

このテスト・パイロットは、ジェット機が超音速にはいってしばらくすると、左腕に焼けるようなはげしい痛みを感じた。それは、なん年か前、そのテスト・パイロットが左腕に火傷をしたときの痛みにそっくりだった。そして……あいだは忘れたが……しまいには、操縦桿をにぎったパイロットの手の手袋から、その桿がすっぽぬけてしまう。

その超音速ジェット機は墜落し、テスト・パイロットの死体はばらばらのちいさな肉片になるのだが、その肉片をしらべた医者が、おかしなことを言いだす。死んだテスト・パイロットの死体だというこの肉片は、どうしらべても、赤ん坊のからだの組織だ、と。

そのテスト・パイロットは、超音速で、音のはやさをとびこして、とんでいくごとに、自分のからだが過去にもどっていったということなのだ。なん年か前の左腕の火傷……そして、子供になってしまったパイロット、ついに、ちいさな子供の手が、操縦桿をにぎった手袋からすっぽぬけてはずれてしまう……

このアメリカのS・Fの短篇はたぶん訳されてはいまい。S・Fの翻訳雑誌もなく、また、H・G・ウェルズの火星人地球攻撃などのほかは、今みたいなS・Fの翻訳はないころに、ぼくはこの短篇を読んだのだ。

わりと最近、このS・F短篇に似ているとは言わないが、このセンに近い映画を見た。ワーナー映画ケン・ラッセル監督「アルタード・ステーツ」で、ハーバード大学の若い心理学者（ウィリアム・ハート）が人間の細胞の記憶をたどることによって生命誕生の根源までさかのぼろうというのだ。そのため、自分を実験体にし、キノコから抽出したとかいらクスリを飲み、特殊な実験機のなかにはいる。この実験はうまくいき、主人公の腕や胸の筋肉がモリモリでかくなり、腕などにもびっしり毛が生えてくる。ニンゲンの御先祖のゴリラになってしまったのだ。ところが、この御先祖ゴリラが実験機をとびだし、夜警のオジさんをぶんなぐって、昏倒させたりするのだが、おしまいに、めでたく、もとのニンゲンにもどった主人公には（ないしは、モトのモクアミってところか）その罪は問われない。変身中の犯罪は、精神錯乱時とおなじで、罪にならないらしい。

よけいなことだが、この映画のニホン題「アルタード・ステーツ」（原題 ALTERED STATES）はオルタード・ステーツとするほうがもとの発音にちかいのに、なぜ、アルタードとしたのか、とワーナー映画日本支社の宣伝部の方にきいたら、わかっていて、そうしたとのことだった。アルタードはニホン式な英語の発音なのだろう。

ジェット戦闘機のパイロットの死体やその死体がドラム缶にいれてはこばれてきたころ、ぼくは小田急沿線のアメリカ陸軍の医学研究所ではたらいていた。死体の解剖をやるのは、研究所の病理部（パソロジイ）だ。

この米軍の医学研究所のことが、ニホンの新聞や週刊誌にでたことがある。羽田空港で、研究所あてに送られてきた航空貨物のなかから、サソリかなんかがはいだしてきたという記事だった。この研究所には四〇六という部隊番号があり、四〇六部隊と言えばヒミツの細菌兵器でも研究してる特殊部隊のように、世間の人たちはおもったかもしれない。

　ぼくはこの研究所の生化学部（バイオ・ケミストリイ）ではたらいていた。昭和三十年四月、ぼくは生化学部のガラス器具洗いになり、二ヵ月ほどで、スペシャル・テクニシァンという職種にかわり、米軍の各病院、診療所（ディスペンサリ）から送られてくる検体のクリニカル・テスト（臨床検査）をやった。

　生化学部には毒物科（トクシコロジイ）があり、一酸化炭素中毒や急性アルコール中毒、麻薬の中毒の検査もしていた。麻薬の検査のための尿をもってくるのは、やはり軍の犯罪捜査機関の者だったのか、しかし、いつも私服で二人連れだった。

　ぼくが臨床検査をしていた検体は、アメリカ陸軍からだけでなく、空軍からも海軍からも送ってきていたから、軍の犯罪捜査機関といっても、あれこれあっただろうが、ぼくが見かけたのは、みんな私服の二人連れで、おなじような顔つき、からだつきだった。ひょろっと背が高い者はいなくて、チビではないが、大男といったふうではなく、ずんぐり、がっしりしたからだつきだ。

　こんな二人連れが、ちいさな木の箱を二人ではさんでもつようにしており、そのなかに麻薬検査の尿をいれた壜かなんかがはいってたのだろう。木の箱には錠がおろしてあった。

　ふつうの検体は、研究所の検体受付に送られてくるけど、この錠をおろした木の箱は、二人の男が直接、毒物科（トクシコロジイ）にもってきた。あとで、裁判のときの証拠とか、参考品になるとかなので、検体の尿が途中でとりかえられたり、とりちがえたりしないように、そして、おたがいが相手を保証できるように、こうして、二人で毒物科にもってきて、そこで木の箱の錠をあけ、検体の尿をわたし、受領書をもらい、検査がすむと、また、二人連れで、検体の残りを受けとりにくるか、検査の結果がでれば、もう、それでよかったのかもしれない。

毒物科には肝臓もはこんでこられた。これも、麻薬の検査がおもだったらしい。尿は生きてる人間からでもとれるが、（逆に死んだ人間から尿をとるほうがやっかいだろう）肝臓は生きてる者からはとれない。肝臓の手術もできないようにきいている。

人間の肝臓を牛や豚のレバーと、大きさはちがってもほとんどおなじ色つやなのに、ぼくはおどろいた。肝臓（レバー）にはうすむらさきのつやがあり、そのつやもおんなじだし、においまでおんなじなのだ。

医学検査はどんどんかわってるので、今では、もうそんなことはしないかもしれないが、そのころ、ぼくたちの生化学部の毒物科では、肝臓をミンチにかけ、それを煮ていた。だからペースト状になるのだ。これがまた、牛か豚かのレバー・ペーストにそっくり。肝臓は赤茶っぽいけど、ペーストになると、赤の色がほとんどなくなって、グレイがかったうすい茶の色にかわる。その色がまったくおなじで、おまけに、レバー・ペーストとにおいがひじょうに似てるなんてことではなく、そのものだった。牛や豚でも外見はあんなにちがっても、内臓は似てるが、人間の肝臓と牛や豚のレバーがこれほどそっくりとは、ぼくには意外だった。

麻薬検査のための尿には、ニホン人らしい尿もある、と毒物科の者からきいた。ぼくたち臨床検査のところに送られてくる検体は、ぜんぶ、米軍関係者の検体で、ニホン人の検体はただのひとつもなかった。また、占領時代はとっくにおわっており、米軍でニホン人を検査するというのはおかしなことだが、これは事実のようだった。肝臓のことは知らない。

また、毒物科に死体の肝臓がはこんでこられることなど、ごくたまにだとおもうだろうが、これがしょっちゅうなのだ。

肝臓のレバー・ペーストに抽出液をいれて遠心分離器にかけたあとの、つまりはカスのレバー・ペーストが底にかたまった特製のぶっとい試験管（？）を、ぼくが洗い場にいたときは、毎日のように洗ったし、その後も、洗い場でよく見かけた。

ドラム缶にはいってはこばれてきたその死体が、うちの研究所の病理部（パソナジイ）で解剖されたことは、事件がおわったあとまで、ぼくは知らなかった。ぼくは、なにか書くもので、マジメに事件なんて言葉をつかったのは、はじめてだ。ぼくが事件をおこしたわけでもないけど、事件と言うのは恥ずかしい。こんなふうに、あれこれ口にするのが恥ずかしく、あるいは口にできない言葉があって、こまっている。しかも、事件なんていう、それこそどうってことはない言葉が恥ずかしいんだから、不便でしょうがない。ともかく、恥ずかしいが、事件という言葉をつかわせていただく。また、この事件はおわったのではない。つまりは、ウヤムヤになった。このウヤムヤというのが、この事件のミソでもある。

さて、この事件がおきたのは、いつのことか？　ぼくが米軍の四〇六医学研究所ではたらいていたときだということしかわからない。それで、ぼくは階下におりていき、女房に、「おい、おれが四〇六（ヨンヒャクロク、職場では、フォー・オー・シックスと言っていた）にいってたのは、いつごろかわかるか？」ときいた。

「わかりませんよ。そんなこと……」

女房はなにかしながら、わかりきったことみたいに、わかりませんよ、とこたえた。なんだか力んでこたえたみたいでもある。女房は、大きなバケツで庭にある洗濯機にお湯をはこんでいた最中だったのかもしれない。ドッコイショ、と湯がはいったでかいバケツをもちあげたとき、そんなことをきかれれば、女房も力んだ声をだすだろう。

「どうやって、そんなこと……わかるのよ？」

女房はききかえした。すぐにではない。たとえば、女房が台所の湯沸器のところから庭の洗濯機のところに、大きなバケツで湯をはこんでいたのなら、その湯を洗濯機のなかにいれ、あれこれなにかして、台所兼食堂兼居間にもどってきてからだ。その間なん分か、ぼくはぼんやり立ってなきゃいけない。

「家計簿をみてみたらどうだ」ぼくは言った。

「家計簿？　そんな家計簿があるかしら？」

そんなことは、ぼくにはわからない。ぼくは二階にあがっていった。

それから、一時間か二時間ぐらいして、階下におりていくと、台所兼食堂兼居間の無骨な大きな木のテーブルの上に（あの事件のころも、このテーブルはあった。しかし、もとの古い家のころで、このテーブルは、今みたいに、食卓としてはつかっていなかった。前は洋裁台だったのだ）古ぼけた、ちいさな学習ノートがひろげてあった。大学ノートみたいな大きなのではない。くりかえすが、ちいさな学習ノートだ。

「家計簿があったのか？」

ぼくは言ったが、女房はそれにはこたえず赤い数字や、赤い文字、赤い線などがごちゃごちゃまじったノートのまんなかあたりを、指さきでおさえた。

「ここから……急に、収入があるの」

「へ、急に収入があるのか」ぼくはおかしかった。小島信夫先生ふうに言うと、愉快なような気分だった。「いつだ?」

「昭和三十年五月……」

「ふうん、じゃ、この年の四月から、四〇六にいきだしたんだな」

その収入は一万四千円ぐらいだった。四〇六医学研究所生化学部のガラス器具洗いの職種は雑役(ジャニター)で、雑役の収入は、駐留軍従業員のなかでもすくないほうだ。しかし、二ヵ月ほどで、前にも言ったように職種がスペシャル・テクニシァンにかわり、月給は二万五千円ぐらいになった。これは、その当時(昭和三十年)としては、わりといい月給だった。

女房がこんな古い家計簿をもっていたのは、家計簿が好きなのだ。それで、婦人雑誌の家計簿コンクールに応募しようとしたが、女房の友人に、「いくら支出がこまかく書いてあっても、この月の予算はこれだけ、一年間の予算はこれ、という予算のない家計簿は家計簿のうちにはいらないのよ」言われて、応募はやめた。

そのやりとりを、ぼくはそばできいていて、おかしくってしようがなかったが、声にだしてはわらわなかった。ふきだしたりしたら、「だいたい、予算がたつような暮しなの」と女房はぼくをどなりつけただろう。

ともかく、これで、いつから四〇六医学研究所ではたらきだしたかはわかった。ぼくは四〇六医学研究所にちょうど七年間いた。こんなに長く、ひとつところではたらいていたのもめずらしいが（このほかは長くて、半年か一年、みじかいのは、三日か一日ぐらいでクビになった）クビにならなかったのも、ここがはじめてで、おわりだった。

そして、四〇六医学研究所にいるあいだに、ぼくはミステリの翻訳をはじめた。単行本のさいしょの訳はアイルランドのミステリ作家J・B・オサリヴァンの「憑かれた死」（I DIE POSSESSED）でハヤカワ・ミステリ。この本をえらんでくれたのは、現在、推理作家として特異な存在の都筑道夫さんで、この本には都筑さんのあとがきもある。それに、三二、二、という日付があって、昭和三十二年二月なのか……と、家計簿もそのいくらか前を見てみろ、女房に言ったのだ。

ともかく、その事件が、昭和三十年四月から、昭和三十七年四月までのあいだにおこったことがわかった。いや、ぼくが、生化学部のガラス器具洗いになったときは、四〇六医学研究所は、丸の内の三菱仲七号館にあった。今の新東京ビルの、東京駅よりの角のところだ。そして、翌年のまだ春のあさいころ、小田急沿線に引越した。その事件があったのは、研究所が引越したあとのことだ。

で、この事件のことを、新聞か週刊誌でしらべてもらえないか、とぼくは編集部の人にたのんだ。じつは、こんなことは、ぼくははじめてなのだ。作家がなにか書くとき、編集のひとに、資料をあつめてもらったりすることがあるのはきいていた。だが、ぼくは、ぜんぜんそんなことはない。また、ルポを書くときはべつにして、ぼくは、取材とかいうものは、一度もやったことがない。また、今すぐには役にたたなくても、将来、なにかの用に……などともおもったこともない。それは、ぼくの小説をお読みになれば、取材なんかまるっきりやってないな、とすぐおわかりになる。ところが、この歳になって、つまりは資料をあつめてもらったりするんだから、わからないもんです。くりかえすが、事件という言葉も、マトモと言っちゃ恥ずかしいが、世間なみにつかうのもはじめてだし……。

編集部の人は朝日新聞のコピイを送ってくれた。いちばんさいしょの記事は昭和三十三年三月十二日の夕刊の社会面のいちばん下二段の、たった十行のみじかい記事だ。全文を書きうつさせてもらう。

芝の海岸通りに外人変死体

十二日午後零時四十五分ごろ東京都港区芝海岸通三ノ一、F岸壁に四十歳ぐらい、ネズミ色縦じまの背広を着た白人の水死体が浮いた。水上署で調べているが、死後一カ月ぐらいで、身元不明、ミケンに傷があるので警視庁鑑識課を呼んで死因を追及している。

この記事と最下段にならんで、大相撲春場所四日目の十両の勝負と五日目の中入後の取組がでている。夕刊なので、四日目は十両の勝負まで、中入後の取組は新聞にのせられなかったのだろう。五日目については、あすの好取組として、若前田―玉乃海、信夫山―若羽黒、若乃花―栃光とあり、取組のおわりのほうには、朝汐―大内山、千代の山―双竜、若乃花―栃光、むすびが若瀬川―栃錦となっている。

朝日新聞のつぎの記事は翌々日の昭和三十三年三月十四日の夕刊の社会面だが、紙面の上のほうのいくらか大きな記事になっていた。

麻薬密輸に関係か

芝浦岸壁腐乱死体　脱走の米情報部員

東京都港区芝海岸通り三ノ一先芝浦海岸F岸壁で、去る十二日発見された私服の米人腐乱死体は、十三日、神奈川県高座郡座間の米軍病院でタッチ軍医が解剖した結果「単なる水死ではない」と認定された。一方、警視庁捜査三課は独自の立場から調査を進め指紋、所持品などから死体が神奈川県高座郡座間駐留の米陸軍情報部員エメット・E・デュガン曹長（三九）であることを確認、他殺容疑は極めて濃くなったとして、十四日から同庁内に捜査本部を設け、捜査に乗り出した。捜査本部の調べでは同曹長は中共関係の情報を担当していたといわれ、さきに米海軍から発表になった一億二千万円におよぶ麻薬密輸事件にも関係があるのではないかとみられている。

入水前に死んでいた

米軍側はまだ正式な発表を行っていないが、本部の調べでは、同曹長は昨年七月ごろ来日して朝霞の米軍学校を卒業、十二月はじめから座間の部隊に配置された。先月四日午後八時ごろ、夫人同伴で東京都千代田区内幸町の大阪ビルの食堂で食事を済ませて別れたきり消息を絶ったもの。夫人は死体発見二日前の十日、すでに本国に帰っており、米軍当局はその名前を明らかにしていない。

タッチ軍医の解剖に立会った日本側の百瀬医師が捜査本部に報告したところでは、前頭部にある皮下出血は致命傷ではなく、ほかに外傷は認められない。頭部内出血もなく、水も飲んでいないので入水前すでに死んでいたのではないかという。肺臓の浮遊試験の結果でも水死とは思われないという。死後は十日ないし十二、三日と推定された。

同軍曹(ママ)は消息不明のまま、脱走したものとして東京麻布のキャンプドレイク憲兵司令官から警視庁、神奈川県警に捜索願が出されていたものだが、捜査本部の話では同曹長が持っていた自動車のカギが盗難車のものであり、一セント米貨三枚がポケットにあるだけで、日ごろ持っていたドル入れが見あたらない。また帰国した夫人は同曹長自筆の遺書めいたものを行方不明後に見つけ軍当局に提出してあるとも伝えられるが、確認されていない。

金に困っていた

警視庁もデュガン曹長の他殺容疑事件については米軍捜査機関および警視庁と緊密な連絡をとり犯人の追及を始めた。

当局の調べではデュガン曹長は前にも日本にいたこともあり、その後朝鮮へ、さらに米本国へ転勤、再び去る一月中ごろ来日したという。中国人関係に重要な特命事件を担任していたといわれ、数人の中国人と交友もできたという。

またデュガン曹長は、スロット・マシーン（米国製のトバク機械）に熱を上げ、一回の遊びで百ドル（三万六千円）ぐらい使うこともたびたびあったという。こんなところから金にも困っていたようで、タイプライターを盗んで売ったこともあるといわれている。

以上が、昭和三十三年三月十四日の朝日新聞の夕刊社会面の記事だが、気がついたことを書いておこう。

まず、デュガン曹長の死体を解剖したのは神奈川県高座郡座間の米軍病院となってるが、解剖をやったのは、ぼくがはたらいてた四〇六医学研究所の病理部だ。場所もおなじ小田急沿線だけど、座間ではない。

しかし、四〇六医学研究所は、米軍の陸軍病院とおなじ構内にあり、この病院は、俗に座間の陸軍病院とよばれていたともおもえるし、また、米軍当局で、解剖は座間地区の米軍病院でおこなった、と言ったのかもしれない。だが、おなじ構内でも、病院と研究所はべつの部隊だった。

米軍のことになると、知らない人がおおい。たとえば、米軍の医学研究所がニホンにあったことなど、なんのヒミツでもないのに、知らない人がほとんどだろう。

また、この記事によると、デュガン曹長は昨年七月ごろ来日して、朝霞の米軍学校を卒業、十二月はじめから座間の部隊に配属された、となってるところと、再び去る一月中ごろ来日し、というのが、おなじ記事のなかであるけれども、あっちで調べたのと、こっちで調べたのがちがうということなのか。両方とも、ちがってるかもしれない。

デュガン曹長のことは、その後、ぽちぽち記事になってるが、昨年七月カリフォルニア州モンテリーの陸軍語学学校で中国語講習を終え、キャンプ座間米陸軍情報センターに配属されたという記事もある。

デュガンが卒業した朝霞の米軍学校（ほんとに、卒業したかどうかは知らない）というのは情報学校だろう。朝霞に米陸軍の情報部隊がいたことは、米軍関係者なら、それこそだれでも知っていたが、くりかえすけど、ほとんどのニホン人は知らなかった。

米軍の極東放送（FEN）も、内幸町のN・H・K本館からはじまったが、朝霞にうつり、今では横田空軍基地内にあるときいた。四〇六医学研究所生化学部のぼくの部屋にも、朝霞の情報部隊からきた兵隊がいた。東独の男なのだが西独に脱出し、どんなふうにかアメリカ兵になり、ニホンにきてたのだ。ドイツ訛りがひどいというより、英語をしゃべるのがへただった。階級は兵隊のいちばん下のほうで、そんな男が、どうして、情報部隊から、生化学部のぼくたちの部屋になどきてたのだろう？　もちろん、臨床検査や生化学のことはなにも知らず、だから、ただ部屋でぶらぶらしていた。

ほかにも、朝霞の情報部隊からきた者はあったかもしれないが、ひとり、ぼくがおぼえてるのは、カナダ軍の軍曹だった。赤っぽいショウガ色の口髭をはやした、がっしりした体格の大男で、もともとは落下傘部隊だ、と自慢にしていた。特殊部隊にいたようなことも言った。このカナダ軍の軍曹も生化学や臨床検査のことなど、なにひとつ知らないし、できもしない。そんな男が、なぜ、生化学部のぼくたちの部屋にまわされてくるのか。

この大男のカナダ軍の軍曹が、吹矢は、筒を長くすると、かなりの威力があり、命中率もいい、というので、ぼくはどこかから吹矢の筒になりそうなパイプを見つけてきて、同室の元日本陸軍技術将校の小林さんと軍曹で矢をつくり、部屋の壁に的をこしらえて、吹矢であそんだ。

小林さんとぼくの部屋は、生化学部のいちばん奥の部屋で、かくれて、あそぶのにはもってこいだった。また、ぼくは、この部屋でミステリの翻訳をした。ぼくのミステリ翻訳の量がいちばんおおかったのは、四〇六医学研究所の生化学部にいたときだ。研究所をやめて、うちにいるようになると、つい、ふらふら出かけていき、翻訳の量はとたんにはんぶんぐらいにへり、やがて、まるっきり翻訳はやめてしまった。

この記事には、同軍曹は消息不明のまま、脱走したものとして東京麻布のキャンプ・ドレイク憲兵司令官から警視庁、神奈川県警に捜索願が出されていたものだが……と書いてある。しかし、キャンプ・ドレイクは朝霞にあった。朝霞のキャンプ・ドレイクの憲兵司令官（司令部）は麻布にあったのだろうか？

朝霞は埼玉県だが東京の練馬区のすぐおとなりだ。朝霞市役所に電話でたずねたら、キャンプ・ドレイクは三〇〇ヘクタールあったという。一ヘクタールは一万平方メートルだ。そんな大きな米軍施設が、しかも遠いところではなく、東京と隣接してありながら、東京麻布のキャンプ・ドレイク憲兵司令官、というような記事がでている。ぼくは、この記事に関係した人たちを非難しているのではない。この記事を取材した記者からデスク、最後には校閲かなにかしらないが、たくさんの人たちの目にふれながら、こんな記事が、あやしまれないで、とおっている。朝日新聞でさえ、米軍のこととなると、こうなのだ。

この記事には、エメット・E・デュガン曹長の顔写真ものっている。髪はみじかいクルー・カット（いわゆるG・I刈り）よりもやや長めか。額がひろく、眉はさがりぎみで、面長に見えるが、アメリカ人ならばふつうかもしれない。とにかく、丸顔ではない。なかなかハンサムなようでもある。ギターを弾くシャンソン歌手のクロード・チアリさんに似た顔つきだ。もっとも、こんな場合は、当人を二人ならべれば、まるで似てないことのほうがおおい。それはわかってるが、あえて、クロード・チアリさんに似た顔つき、と言っておく。そんなイメージをわかってほしいからだ。

昭和三十三年三月十四日のこの夕刊の社会面のいちばん下段には、十二日の夕刊とおなじように、大相撲春場所六日目の十両勝負とあす（七日目）の好取組として、朝汐―玉乃海、若乃花―北の洋、大内山―栃錦がのっている。

大相撲がテレビでたいへんに人気があったころか、テレビで人気がでかかったころだろう。昭和三十三年かどうかおぼえてないが、ぼくが四〇六医学研究所にいっていたとき、大相撲のテレビ中継が、N・H・Kのほかに二局はあった。

大相撲春場所欄の下には大映映画「氷壁」の大きな広告がある。製作永田雅一、原作井上靖、脚本新藤兼人、監督増村保造だ。主演は山本富士子、菅原謙二。ほかに、野添ひとみ、川崎敬三、山茶花究、金田一敦子、浦辺条子、上原謙などの名前がある。日本中の女性が待っていた井上靖の傑作小説を総天然色、拡大画面で描く愛と死の文芸巨篇、という広告文に、大映カラー・ビスタビジョン・サイズ、総天然色と書いてある。井上靖先生の「氷壁」は朝日新聞連載中から評判だった。

おなじ三月十四日の毎日新聞の夕刊の社会面にも、デュガン曹長の顔写真と記事がでている。朝日新聞の記事といくらかちがうところをひろってみよう。

まず、見出しは、水死の米兵は他殺？　東京港失跡していた特務員　となっており、ズボンの兵籍番号と指紋から横浜米軍基地所属特務兵エメット・E・デュガン曹長と判明、と書いてある。また、CIDの名前がでてくる。CIDはCriminal Investigation Departmentの略で、犯罪捜査部とでも訳すか、同日の朝日新聞の夕刊で、米軍捜査機関と書いてあるのがCIDだろう。ぼくの記憶、というより感じでは、当時、CIDはあちこちにあり、米軍のとくべつな機関ではないかとおもう。

毎日の記事では、デュガン曹長が行方不明になる前、宿舎の千代田区内幸町大阪ホテルの食堂で、夫人といっしょに食事をし、と書いてあるが、これは、朝日の大阪ビルの食堂とおなじところだろう。

昭和三十三年ごろは、大阪ビルが米軍の宿舎になってたのかもしれない。新橋の第一ホテルも米軍の宿舎だったし、ぼくが丸ノ内三菱仲七号館の四〇六医学研究所ではたらきだしたころは、大蔵省も米軍宿舎でファイナンス・ビルと言った。だが、もとは文藝春秋社もあった内幸町の大阪ビルが米軍宿舎になっていたとしても、大阪ホテルとよばれていたかどうか。もっとも、兜町の証券取引所が米軍関係の宿舎だったときは、イクスチェンジ・ホテルといっていた。ついでだけど、このイクスチェンジ・ホテルで宝石類など多額なドロボーをしたのがぼくだ、と米軍のリストにのっていたのには、おどろいたな。

毎日の記事には、死体の胃、肝臓などの毒物検査も行なっている、と書いてある。だったら、ぼくがいた生化学部の毒物科でやってたことはまちがいない。これは、つい今まで知らなんだ。ぼくは毒物科にもしょっちゅういってたし、また生化学部の洗い場で、デュガン曹長の肝臓のれいのレバー・ペーストなんかを見てたのかもしれない。

翌三月十五日の毎日新聞朝刊の社会面にもデュガン曹長の記事があり、抜き書きしてみよう。

警視庁の調べによると、デュガン曹長はバクチにこり、昨年七月ごろ日本勤務になるとき軍から六百ドル借りて赴任した。日本駐留後もバクチが止められず、最近四百ドル（邦貨十四万四千円）の借金ができ、金策に飛び回っていた。このため妻モード・I・デュガンさん（四三）からも金を取り、妻の取引銀行にも融資を申込んでことわられ、夫婦仲は悪かった。

同曹長は去月三日夕、千代田区駿河台二の富士タイプライターにタイプライターを売りに行ったが閉店後だったので品物を預け、翌四日朝横浜市神奈川区斉藤分町の自宅を出て富士タイプライターに行きタイプライターを七千円で売った。同夜八時半ごろ帰宅「金ができなかったからこの品を上司に渡してくれ」といい、兵籍証明書、生命保険証書二通（本人掛けのもの額面二万ドル、軍掛けのもの額面不明）を妻に渡し、止めるのもきかず家を出た。

妻は夫の様子がおかしかったうえ帰宅しないので翌五日憲兵司令部に届出たがその後の捜査でも夫の手掛りがないので本月十日航空機で米国に帰った。

また同曹長は失跡前、同僚に「ザンゲ帳」を手渡しており、このザンゲ帳は十五日米軍側から警視庁に提出されるが、内容は支離滅裂で要領をえないという。また精神科の病院通いをしていたとの話もありこの病院を捜している。

同曹長は戦車兵として朝鮮動乱に出兵、帰国後広東語を学び日本勤務になり、ちょう報に関係するようになったが「初めて働きがいのある仕事にありついた」と喜び、中国人などに積極的に接近していたという。

一方警察庁に入っている米軍当局からの情報によると同曹長はある国際的な地下組織を内偵する特殊任務に服していたが、失跡する数日まえ、組織の末端に位置する人物を通じて、組織の重要幹部である中国人某に接近しようとし、「あまり深入りすると殺されるぞ」と忠告されていたといわれる。組織のうちの特定人物数人を内偵している矢先、行方不明となったので警察庁では地下組織の核心に触れたため彼らの手で暗殺されたという見方もあるとしている。しかし他殺のキメ手もないところからいぜん同曹長の死はナゾにつつまれている。

この記事では、前日の夕刊まで、朝日、毎日両新聞とも、モード夫人がデュガン曹長を最後に見たのは東京都内幸町の大阪ビルないし大阪ホテルになってるのに、横浜市神奈川区斉藤分町の自宅に、四日夜八時半ごろ、デュガン曹長は「帰宅」、モード夫人に兵籍証明書と生命保険証書二通を渡し、夫人が止めるのもきかず家を出たという。そして、夫人は夫の様子がおかしかったうえ帰宅しないので、翌五日、憲兵司令部に届出た、となっている。

ところが、おなじ毎日新聞が、翌三月十六日の朝刊では、(二月) 四日午後八時ごろ曹長の妻と内幸町の大阪ビル食堂で食事中、突然立去った、と書いている。もっとも、この記事のなかに、横浜の自宅の家賃二万二百円は米軍で支払っており、とある。

デュガン曹長の横浜の自宅の家賃を米軍で支払ったというこの記事と、その前日三月十五日の毎日新聞の横浜市神奈川区斉藤分町の自宅という記事のほかは、ぼくがもってる毎日、朝日新聞の記事のコピイのほかには、デュガン曹長の自宅のことは、まるっきりでてこない。

三月十四日の毎日新聞夕刊では、二月四日午後八時ごろ夫人と一緒に宿舎の千代田区内幸町大阪ホテルの食堂で食事をして別れた後行方不明となりCIDを通じて神奈川県警と警視庁に脱走兵として手配していた、と書いてある。この書きかたでは、デュガン曹長夫婦は内幸町の大阪ホテルを宿舎にしていたようにうけとれる。

三月十四日の朝日新聞では、（デュガン曹長は）先月四日午後八時ごろ、夫人同伴で東京都千代田区内幸町の大阪ビルの食堂で食事を済ませて別れたきり消息を絶ったもの、となっており、この書きかたはデュガン曹長は、どこかから、夫人同伴で大阪ビルの食堂に食事にいったようだ。

朝日新聞は、三月十五日の朝刊で、デ曹長（デュガン曹長）は先月四日夜八時半ごろ、千代田区内幸町の米軍宿舎の大阪ホテルでモード夫人と食事中に、身分証明書と生命保険証書二通を夫人に手渡したのち行方不明になったが……と書いている。

三月十四日の朝日の夕刊では、大阪ビルだったのが、三月十五日の朝日朝刊では大阪ホテルになり、逆に、三月十四日の毎日新聞では、大阪ホテルだったのが、三月十六日の毎日では内幸町の大阪ビル食堂と書いてあるのはおもしろいが、どっちにしろ、戦災で焼け残った大阪ビルのことだ。

しかし、くりかえすが、三月十五日の毎日新聞には、デュガン曹長が、二月四日夜八時半ごろ横浜市神奈川区斉藤分町の自宅に帰り兵籍証明書、生命保険証書二通を妻に渡し、止めるのもきかず家を出た、とある。

おなじ二月四日夜の八時ないし、八時半ごろ、横浜市内の自宅と東京の千代田区内幸町の大阪ビルの食堂とで、おなじようなことがおこるとは考えられないので、どちらかがちがっているのだろう。

そして、証拠はないけども、内幸町の大阪ビルの食堂よりも、自宅のほうが、ほんとではないかとおもう。ただし、横浜市神奈川区斉藤分町（六角橋の近く）の自宅というのには疑問がある。そのことは、あとで書きます。

これまで引用させてもらった新聞の記事でもおわかりのように、記事がかなりチグハグで、これは記事をつくった人たちが、麻布のキャンプ・ドレイク憲兵司令官などという駐留米軍オンチはあっても、ついチグハグになってるところもあるのではないか。

まっとうな、正直な記事が書けないのだ。いちばんまっとうな記事は、さいしょの三月十二日朝日新聞夕刊の、芝海岸通りのF岸壁に四十歳ぐらいの白人の水死体が浮いていた、というちいさな見出しもいれて、たった十行のみじかい記事ぐらいではないか。

その水死体が米軍の情報関係の任務についていた下士官だとわかると、死体はすぐにぼくがいた医学研究所にはこんでしまうし（情報関係ではなくても、米軍関係なら、そうしただろう）米軍側も、けっしてまっとうなことは言わず、ニホンの警察も米側の情報関係のことは、てきとうに米軍と調子をあわせておくといったぐあいだったのだろう。

昭和三十三年と言えば、もう占領はおわってるけど、今とはうんとちがい、ニホンでの米軍の力が強いころだった。

だから、新聞社のほうでも、米側の情報関係のことだから、また、いいかげんな発表をしやがって、とおもいながら、たとえば、米軍施設のなかにはいっていくこともできず、歯痒かったにちがいない。

たとえば、三月十五日の毎日新聞の記事では、デュガン曹長はバクチにこり、昨年七月ごろ日本勤務になるとき軍から六百ドル借りて赴任した、とある。

アメリカ軍から金を借りた者など、ぼくはきいたことがないが、デュガン曹長がいた部隊の下士官クラブあたりからは、借金ができたかもしれない。

デュガン曹長は日本駐留後もバクチが止められず、最近四百ドル（邦貨十四万四千円）の借金ができ、金策に飛び回っていた。このため妻モード・I・デュガンさん（四三）からも金を取り、とも書いてある。

夫が妻からも金を取り、というのはどういうことか？　いや、ニホンにだって、女房のヘソクリを取りあげるってのは、めずらしくない。だが、（そんなふうなので）夫婦仲は悪かった、と記事はつづく。

ところが、朝日、毎日の両新聞にたびたび書かれているように、デュガン夫婦は大阪ビルないしは大阪ホテルで、いっしょに食事をしている。夫婦仲がわるくても、どこかでいっしょに食事をするなど、これもふしぎではなく、アメリカ的とも言える。近ごろは、ニホンでもそんなふうかもしれない。

さて、三月十五日の毎日新聞には、おなじ記事のなかに、同曹長は戦車兵として朝鮮動乱に出兵、帰国後広東語を学び日本勤務になり、ちょう報に関係するようになったが「初めて働きがいがある仕事にありついた」と喜び、中国人などに積極的に接近していたという、と書いてある。

バクチ好きが仕事熱心でも、これまたふしぎではないが、バクチの借金のため、金策に飛び回っていたりしては、中国人などに積極的に接近することはできなかったのではないか。

また、デュガン曹長は、二月四日夜八時半ごろ、横浜市の家に帰宅、「金ができなかったからこの品を上司に渡してくれ」と兵籍証明書と生命保険証二通を妻に渡し、止めるのもきかず家を出た、ともおなじ記事のなかにある。金ができなかったから、と生命保険証を渡すのはわかる。しかし、兵籍証明書が借金のカタになるだろうか。

これは、アメリカの軍人だということがわかるとやばい仕事に出かけるため、そういった物を、とっていったのではないか。兵籍証明書といっても、そんなカードみたいなものもあっただろうが、米兵が首にぶらさげている金属製の兵籍番号をうちこんだ認識票をはずしていったのかもしれない。米軍では戦死者がでたときなど、死体から認識票をとって、身許を確認する。デュガン曹長は、生命の危険がある場所にむかったのではないか。

しかし、どうも、デュガン曹長は、自分でつっぱしってる感じだ。同曹長は「あまり深入りすると殺されるぞ」と忠告されたといわれる、と、やはりこの記事にある。忠告が文字通りなら、相手側におどかされたのではあるまい。上司や同僚がそう忠告したのか。

三月十六日の毎日新聞社会面の記事。

失跡後10日は生きてた

怪死米兵　自他殺は依然ナゾ

米軍特務兵デュガン曹長怪死事件を追及中の警視庁捜査本部では十五日、同曹長の足取りと、接触のあった中国人関係の聞込みに全力をあげたが、同曹長の死は依然自他殺不明である。しかしその後の捜査で次の事実がわかった。

①曹長は横浜の憲兵司令部情報部員で、中共の対日工作分子への接近が主任務。中国人L

某と知合い失跡二日前、L某と会い中共系の対日工作者に紹介を頼んだ。L某は麻薬売買に関係が深い札つきで、果して曹長の希望する中共分子に引合わせたかどうかは不明で「近く会わせるがあなた一人では危い」ともらしているのを聞いたものがある。

②（二月）四日午後八時ごろ曹長の妻と内幸町の大阪ビル食堂で食事中、突然立去ったがその後十日間ほど生存していたことが確認された。

③死体の発見された港区芝海岸通りF岸壁付近の潮流関係からみて自他殺は別として遠くから流れついたものでなく、岸壁付近が事件現場と推定される。

④横浜の自宅の家賃二万二百円は米軍で支払っており、夫人は曹長が行方不明となって二日目の二月九日に朝霞の米軍キャンプ内の独身寮に移り米軍の指示で去る十日米国に帰国した。

この記事には、二月四日、デュガン曹長は大阪ビルから失跡したあと十日間ほど生存していたことが確認された、とあるけれども、どうやって、確認されたのか。三月十二日に発見された死体からはだいたいのことが推定はされても、確認はできない。この十日間は、軍のほうに、曹長からなんらかの連絡があったのではないか。

また、デュガン曹長が失跡したのは、二月四日で、翌五日には、夫人が憲兵司令部に届出た、と三月十五日の毎日新聞には書いてあるのに、翌日の毎日のこの記事には、夫人は曹長が行方不明となって二日目の九日に朝霞の米軍キャンプ内の独身寮に移り……とある。単純な日数の計算ちがいなのか。ともかく、曹長が行方不明になるとすぐ、夫人に横浜の自宅を引きはらわせ、朝霞の米軍キャンプにうつしたのは、曹長が勤務していた横浜憲兵司令部の情報部には、なにかの事情がはっきりわかっていたのだろう。

三月十七日の毎日新聞社会面の記事より。

警視庁捜査本部では、十六日東京港芝浦岸壁付近の地取り捜査を行なった結果デュガン曹長が行方不明になった去月四日ごろ現場に近い港区芝浦海岸通り三の一バー〝ママさん〟(経営者金珠○さん)に同曹長そっくりの白人が数回姿を見せたことがあるという新事実をつきとめた。マダムの金さんの話によるとその白人は当時同バーで働いていた女給二人と前後して親しくなり、一緒に泊りにいったこともあったようだという。この証言を重視した同本部は、既に同バーをやめている女給二人が重要なカギを握るものとみて行方を追っている。

また同曹長のポケットから発見された池袋―西銀座間の地下鉄切符の日付の鑑定を同日科学検査所に依頼した。

三月十八日の朝日新聞社会面より。

米軍情報部員エメット・E・デュガン軍曹の怪死体事件を追及中の警視庁特別捜査本部は

十七日になって、同曹長は先月四日の行方不明当時トレンチコートを着て角型腕時計をしていたが、死体となって発見された時は二つともなくなっていたことがわかった。

三月二十一日の朝日新聞の社会面記事より。

警視庁捜査三課の特別捜査本部は二十日、デュガン曹長らしい米軍人が先月五日腕時計を質入れした事実をつかんだので、同曹長かどうかについてサインの筆跡鑑定を米軍当局の科学捜査研究所に依頼した。

本部の調べによると、先月五日午後二時ごろ東京都港区芝新橋四ノ二金融業富士商事に米軍人が現われ、ベンルウス丸型金張り腕時計一個を二千円で質入れし、伝票にデュガンとサインして帰ったという。応対した同商事の責任者桐川次郎さんは「白人だったことは確かだが、人相などはよく覚えていない」といっているが、デュガン曹長が姿を消した大阪ホテルや死体の発見された芝海岸通りと近い場所なので、同曹長に間違いないものとみている。

三月二十七日の朝日新聞夕刊社会面に、AP二十七日発＝座間として、変死を確認　デュガン曹長事件　米軍発表という記事がある。社会面のいちばん下の段のちいさな記事だ。米陸軍は二十七日、デュガン曹長の死は自然死ではなかったと発表した。発表によると同曹長の肺に水はなく、水死でないことを示し死因となるような負傷は認められなかった。

化学検査の結果では何の薬物も検出されなかった。「死因は永久に分らないかもしれぬ」と軍当局はいっている。同曹長は昨年七月カリフォルニア州モンテリーの陸軍語学学校で中国語講習を終え、キャンプ座間米陸軍情報センターに配属されたが、情報係勤務は初めてだったという。

この三月二十七日の朝日新聞の夕刊の記事が、デュガン曹長事件に関する、おそらく、最後の新聞記事だろう。ついでだが、おなじ紙面に、ナンシー梅木が映画「サヨナラ」でアカデミー女優助演賞をとった、とオスカー像をだいたナンシー梅木の大きな写真がのっている。最優秀映画賞は「戦場にかける橋」。

さて、警視庁捜査本部が事件の重要なカギをにぎる人物として行方を追っていた芝浦海岸通りのバーの女給二人は、いったいどうなったのか？

角型から丸型にかわったデュガン曹長が質入れしたらしい腕時計から、なにかでてきたのか？

デュガン曹長が接触していたという中国人関係者のほうの捜査はつづけられたか？　その結果は？

昭和三十三年ごろは、今みたいにたくさんの週刊誌はなかったが、どこかの週刊誌がこの事件のことを書き、それをぼくは読んだような気がする。そして、その週刊誌には、デュガン曹長の自宅が、横浜市内ではなく、東京都大田区田園調布一丁目あたりになっていたのではないか。

というのは、ぼくは四〇六医学研究所にかようのに、うちから自転車で東横線の多摩川園駅にいっていた。田園調布一丁目をとおっていくのだ。そして、あの事件の曹長はこのあたりにいたんだなあ、と自転車でとおるたびにおもったのをおぼえている。

自宅と言っても、一軒の家とはかぎらない。ぼくが知ってる米軍の曹長も、デュガン曹長とおなじようになん歳か年上のワイフと、田園調布にある家の離れを借りていた。

デュガン曹長が配属されたのは座間キャンプだという米軍の発表だが（これが、もうまるっきりアテにならないけど）座間は日本駐留米陸軍の司令部で、デュガン曹長が勤務していた情報部も、それこそ情報本部（センター）は座間にあっても、横浜にオフィスをもってたのではないか。東横線にのれば、まっすぐ横浜にいける。クルマでも近い。

ま、そんなこともあり、四〇六医学研究所の日本人従業員のロッカー・ルームで、ぼくが、「あのマスター・サージャン（曹長）はおれの家の近くにすんだらしいんだが、軍が女房をてっとりばやく本国に帰しちまうというのが、だいいちあやしいよ。自殺だか、他殺だかわからないみたいなことも言ってるし……」なんてしゃべってたら、れいの病理部の村井が「自殺！」とおかしそうにわらいだした。

「あれを、自殺かもしれない、なんて言ってるのかい？」

「うん」ぼくはうなずいた。

「あれ、うちで解剖したんだ。ひでえ死体でよ。墜落したジェット機の乗員とおなじようにドラム缶にいれて、もってきた。はじめ、おれ、黒人の死体かとおもったよ。色がどすぐろくってさ」

「自殺じゃないって言うのは？」

「あの死体は、ながいあいだ、水につかってたんだろ。もう腐りかかってたよ。だから、よけい、ロープがからだにくいこんだようになってたのか……からだじゅう、ぶっといロープでぐるぐる巻きにされてた。そんな自殺があるかい」

「ふうん！」ぼくはうなったが、そんな単純な事実があったのに、世間では他殺か自殺か、あるいは、デュガン曹長が酔っぱらって、芝浦海岸をあるいていて、海のなかにおっこったのだとか、あれこれさわいでたのは、まったくバカみたいだ。

そして、ぼくがいちばんあきれたのは、デュガン曹長の死体の解剖を手伝った日本人従業員、村井などは、デュガン曹長の死体の状態や、その解剖のときのことを、よそにいってしゃべったりしてはいけない、なんて、ぜんぜん口止めされてないのだ。

デュガン曹長の胃や肝臓の毒物検査をしたぼくがいた生化学部の毒物科でも、おんなじようなことだったのだろう。

すべてが、いつものとおりのルーティンでまったくあっけらかんとしている。

それから、なん年もたって、ぼくは街の映画館で三本立の映画を見ていて、あれ、とおもった。その映画のはじまりのところが、この事件にとてもよく似てるのだ。

しかし、映画の題名もなにも、すっかり忘れていたが、これを書いてるあいだに、フィルム・ライブラリーの方に、それは「日本列島」だとおそわった。

「日本列島」は昭和四十年日活作品でベストテン第三位、原作吉原公一郎、脚本・監督熊井啓、撮影は新宿の「小茶」でよくお目にかかるベテランの姫田真佐久さん。主な出演者は宇野重吉、二谷英明、内藤武敏、鈴木瑞穂、芦川いづみといった方々だ。

つい最近のサンデー毎日に、れいのキャノン機関が、横浜で、ソ連の情報機関K・G・Bの者とまちがえて、味方のC・I・Aのデューポンという軍曹をつかまえ、東京港に沈めて殺した、という記事がでていた。

年代はズレてるけど、殺されたのがデュガン曹長とデューポン軍曹。沈めて殺されたのが東京港というのは、あんまり似すぎてはいないだろうか。

解説　それこそどうってことはない言葉をめぐって

堀江敏幸

日々の生活には、どこかにかならず見えない亀裂が潜んでいる。それが顕在化する場合もあれば、隠されたまま物事が進んで行く場合もある。そのような亀裂に触れるものが文芸の魅力のひとつだとしたら、「文芸ミステリ」とは、すっきりした謎解きよりも、問題の起きそうな一点を、あるいは一帯を、それ以上の力で押すと崩落してしまうというぎりぎりのところで均衡を保ち、予兆を予兆のまま終わらせる作品だと言えるかもしれない。

本書に収められた十篇の書き手は、「ミステリ」を専門としているわけではなく、「文芸」としてくるのがより自然な場で仕事を重ねてきた作家たちだが、一九五〇年代なかばから一九八〇年代はじめまでに発表されたこれら一篇一篇には、その書き手ならではの文学の根がひろがっていて、手すさびに書かれた印象はまったくない。

井上靖の「驟雨」（一九五四）は回想である。語り手が少年時代の一時期を振り返るという形式じたいが、かつての自分とその周囲の状況に、ある種の甘美さを付与する。両親から離れ、叔母夫婦のいる伊豆の海辺で過ごす夏休み。ふとしたことから近づきになった光橋という、あまり評判のよくない夫婦の家。夫は「赭ら顔のかっぷくのいい中年の人物」、夫人は色白で華奢な美しい人。「私は長じて女性の美貌を判断する時、いつも光橋夫人を基準にしたものだが」とあるとおり、好意を少し超えた憧れを抱いている。夫人がどこか精神の均衡を取るのに苦労している気配は、死んだ息子の名で語り手を呼ぶことからも察せられるが、彼はそれを許容することで夫人への思慕を強くする。

ここに複数の関係の糸が張られる。光橋夫婦、語り手と光橋夫人、光橋氏と若い愛人、その愛人と語り手。夫人との一対一の会話、雨に濡れた道々、そして、夫を前にしての、思いがけない夫人の告白。それが嘘なのか本当なのか、語りの現在からも判断がつかない。思春期の純真と大人の男女の臭いや思春期へのイニシエーションは、井上靖の得意とするところだが、解けない謎としての不倫関係は、書簡形式で描かれる初期の秀作「猟銃」に描かれていた、〈人間の持っている蛇〉の怖ろしさを思い出させる。「驟雨」のうちに潜む蒼白い念は、井上靖の小説世界への照り返しになりうるどころか、そのもっとも見やすい姿で私たちの前にあらわれている。

大岡昇平の「春の夜の出来事」（一九五五）も、証言が次々に裏返されていくみごとな五幕の劇である。家に忍び込んだ泥棒の遺体と眼の傷に、オイディプス王の物語を重ねる知的な処理が、登場人物の心理を代弁するのではなく、彼らに直接語らせる距離の取り方とともに、語り手の影を消すことに役立っている。その消し方が、後年の『事件』（一九七七）のような大岡昇平の文章の質をあらわにする。第3章で、主人公の露子は、いまわの際に、入院先の病院長に泥棒の正体を明かすのだが、語り手は院長の位置の重要性に最後で触れざるをえない。

「対象を失った憎悪は自己に向けられることがあり、いかに様々な空想力で、自己をさいなむ材料を発明するものであるかを察していたのは、露子の臨終の告白を聞いた老院長であった」

ならば語り手にこの話を伝えた院長の言葉に偽りがあったらどうなるのか。一人称で語られる『野火』（一九五二）の書き手は、最後に自分が脳病院に入っていることを告げていた。どんでん返しの可能性は、この短篇にも見受けられる。

小沼丹の「断崖」（一九五六）は、この作家の一時期の作品群——大寺さんものと呼ばれる——の前に書かれた、作り込みを拒まない典型的な作風の一篇だ。バスの終点、山深い温泉街、赤い屋根の別荘、ひとつだけある瀟洒なホテル、友人、釣り、蟬の死骸。この一篇には『村のエトランジェ』や『白孔雀のゐるホテル』で試された技術が力まずに使われているし、二年後に刊行されるミステリ風連作『黒いハンカチ』にも通じている。妻の不貞の証拠を摑もうとしているかのような、《薔薇色の人生（ラ・ヴィ・アン・ロオズ）》を皮肉る登場人物の言動の底にあるのは、しみじみとしたさみしさなのか、鈍い殺意なのか。「僕はちょいと面喰った」という、この「ちょいと」にあらわな恬淡とした筆致が、断崖で起きた事故を導いたのが誰なのか、その真相の解釈を飄々と読者に委ねる。

枚数、形式を遵守する連載枠での試みは、ショートショートの流行と合わせて語られることが多い。山川方夫の「博士の目」（一九六二）は、中原弓彦（小林信彦）が編集長を務める「ヒッチコック・マガジン」に連載された《親しい友人たち》の一篇である。動物行動学者でハイイロガンの観察で知られるマックス・プランク研究所のコンラート・ローレンツがモデルになっているのだが、ローレンツの『ソロモンの指輪』が邦訳されるのは翌一九六三年のことだから、書き手の関心はそれに先行している。

注目すべきは、題材がすべて語り手自身の自己に、孤独の問題に返されていくことだ。「眼眸」は山川方夫の好む言葉だが、「焦点のない煙ったような」、宙づりになって自分が消えて行く不安と戦うような眼がここでも他の山川作品と同様、思弁的に描かれる。ロレンス博士は「……私は、関係で見るのですよ」と言い、語り手は「鳥たちには、関係はあっても絆はないのですね？」と述べる。関係のなかでしか孤独は得られず、そこに絆は存在しない。山川方夫の文学を端的に言い当てたものとして、この台詞は深く心に刻まれるだろう。

遠藤周作「生きていた死者」（一九六七）は、「一種のショーの役目をもつようになってきた」文学賞のあり方に対する風刺をきかせた軽妙な一篇だ。その風貌と、従来の作家像には合致しない受け答えで人気を博した新人作家の作風、および文体に、ゴーストライターの存在が疑われる。それが「戦争中に右翼的な傾向の小説を書いて、一時名を売った」小説家ではないかとの疑問に対する答えは宙づりにされる。遠藤周作にはもとより硬軟ふたつの系統の作品群があって、本作はやわらかい方に属するけれども、はたしてそういう分け方でいいのかどうか。死者から送られてくる言葉の束の感触は、『聖書』について深く考え抜いたカトリックの作家としての主題と無関係ではない。

野呂邦暢の「剃刀」（一九七六）にも、この作家ならではの魅力が詰まっている。諫早を思わせる「海辺の小さな町」、本数の少ないバス。「眠ったような」とも記されるこの町の、時間つぶしに入った理髪店での世間話から、語り手は、喉を切られた男の死体が近くの海からあがったという前年の事件を思い出す。「こんなに剃刀の使い方がうまい床屋に出会ったことはなかった」という一文以後の展開は、語り手の妄想なのか、よくできた冗談なのか。しかし、ここには理知だけで作られたのではない《小さな町》の日常がある。野呂邦暢の眼差しは、床屋の女性の人生と、魚粉製造工場がつぶれてさびれたというこの町の一部を映す鏡の外を捨てていない。

幻想的な終わりをほのめかしつつ現実から離れない野呂邦暢とは逆に、吉田知子の「彼岸窯」（一九七七）は幻想から現実に立ち戻る。彼岸の窯とは、なんと不気味なタイトルだろう。同時に、此岸から逃れうる期待もかき立てられる。人間のなかには御しがたい蛇がいる。住人が惨殺されるという事件があって以来、人が近寄らなくなった窯跡を捜しだし、それを再利用してどん底になった暮らしを立て直そうとする夫婦が主人公だ。冒頭では特定されないよう描かれている時代が、徐々に明らかになる。ある人が艶のない黒を褒めたために値があがり、その人が首を切られたか腹を切らされたかでたちまち流行は去って、語りの現在のなかに歴史が迫り出してくる。吉田知子ならではの、「墨みたいな黒じゃねえ。黒でありながら、ぼうっと明るい」筆致が印象深い。

野坂昭如の「上手な使い方」（一九八〇）は、諧謔と皮肉を独特の講談調に仕立てて時事ネタも折り込む手練の技の、お手本のような一篇だ。発表された年の四月、銀座の繁華街で、トラック運転手が一億円の入った鞄を拾得するという出来事があった。落とし主は誰なのか、なんのための金なのか、そして受け取りに現れるのか、大いに騒がれたものの、黒い金だったのだろう、落とし主はついに名乗り出ず、その金から一時所得としての税を引かれた分が運転手の懐に入った。この作品は報道から四ヶ月弱の、その後の展開が読めない状況で書かれている。作者はことの次第よりも、状況から抽出されうる人間の闇を、母と息子の関係に転化した。「……吊るのにふさわしい枝ぶりを、雲間洩れる月の光にたしかめつつ、一足ごとに踏む落葉の、かそけき音が聞きおさめ、思い定めたつもりでも、いざとなれば未練やら気おくれやら、どこをどう歩いたか、ひょいとけつまずいて、みればかさばるビニール包み」といった話芸につられて、他の作品を読み返したくなる。

大庭みな子の「冬の林」（一九八二）は、のちに『楊梅洞物語』としてまとめられる作品群の一篇で、『寂兮寥兮（かたちもなく）』の空気を思い出させる。母の千代子、娘の桐子、千代子の夫の透。千代子は海辺の崖から転落死しているが、そのときひとりの老女といっしょだった。桐子はアメリカ帰りで、離婚歴があり、二人の子がいる。見知らぬ老女の夫は、桐子の勤務先の老人ホームの、付属病院の医師だった。その医師も二ヶ月前に同じ場所で死んでいて、老女も近くにいた。父と娘の会話から真相につながりそうな、細い糸が紡ぎ出される。母は老女に、死んだ医者のことで呼び出されたのではないか。医者と千代子には、なにか関係があったのではないか。老女が桐子に言った言葉と、透と親しくなりかけていた若い女性の言葉が不気味に重なる。千代子とその女性のやりとりを二十年ぶりに甦らせた透は、「暗い森の中で二匹の狐に化かされたような気がして」と述べる。狐はほんとうに二匹だけだったのか。「狐のような大きな尾が見えたような気がした」とする末尾の一文が、先を見通す透という名のもとで虚実の境を曖昧にする。

最後に収められた田中小実昌の「ドラム缶の死体」（一九八一）は名（迷）篇である。昭和三十三年、つまり一九五八年三月、芝の海岸通りで発見された「外人変死体」に関する複数の新聞記事を突き合わせながら、米陸軍医学研究所の生化学部で働いていた自身の記憶を重ねて、ドラム缶の中の死体の、そうとは書かれていないちゃぷちゃぷした不吉な音に作者は耳を傾ける。戦後の米軍施設に関する事実の修正が、厳密な手つきではなく、あっちへ行ったりこっちへ行ったり、目当ての記事だけでなくその頁にある大相撲の星取りや映画の話などを巻き込みながら進んで行く、天然と作為の入り交じった「ふり」の強靭さに読者はうならされるだろう。

本書のタイトルに組み込まれた「事件」という言葉そのものに、語り手は距離を取る。事件と言ったとたんに失われてしまうもの、得意げに語ることで生まれる嘘の苦さに、この作者ほど敏感な者はいない。

「ぼくは、なにか書くもので、マジメに事件なんて言葉をつかったのは、はじめてだ。ぼくが事件をおこしたわけでもないけど、事件と言うのは恥ずかしい。こんなふうに、あれこれ口にするのが恥ずかしく、あるいは口にできない言葉があって、こまっている。しかも、事件なんていう、それこそどうってことはない言葉が恥ずかしいんだから、不便でしこの事件のミソでもある」

ここに登場する書き手はみな、亀裂のある日常の一部を、事後的に「事件」と片付けてしまう暴力に抗う。事件はない。ただ、その予兆だけがあり、「ウヤムヤ」な持続だけがあるのだ。田中小実昌が真似ている小島信夫の口吻を踏襲すれば、「ウヤムヤ」な事象を「ウヤムヤ」のまま受け止めるこのようなアンソロジーを読むことに、私は「愉快なような気分」を味わうのである。

（ほりえ・としゆき　作家）

編集付記

一、本書は中公文庫オリジナルです。
一、収録作品の底本は各篇ごとに初出とともに明記しています。
一、底本中、明らかな誤植と考えられる箇所は訂正し、難読と思われる語には新たにルビを付しました。
一、本文中、今日の人権意識に照らして不適切な語句や表現が見受けられますが、著者が故人であること、発表当時の時代背景と作品の文化的価値に鑑みて、底本のままとしました。

中公文庫

事件の予兆
――文芸ミステリ短篇集

2020年8月25日　初版発行
2021年4月5日　再版発行

編　者　中央公論新社

発行者　松田陽三

発行所　中央公論新社
〒100-8152　東京都千代田区大手町1-7-1
電話　販売 03-5299-1730　編集 03-5299-1890
URL http://www.chuko.co.jp/

ＤＴＰ　嵐下英治
印　刷　三晃印刷
製　本　小泉製本

Published by CHUOKORON-SHINSHA, INC.
Printed in Japan　ISBN978-4-12-206923-7 C1193

定価はカバーに表示してあります。落丁本・乱丁本はお手数ですが小社販売部宛お送り下さい。送料小社負担にてお取り替えいたします。

中公文庫既刊より

各書目の下段の数字はISBNコードです。978-4-12が省略してあります。

い-37-7
利休の死 戦国時代小説集
井上 靖

桶狭間の戦い（一五六〇）から本能寺の変（八二）、利休の死（九一）まで戦国乱世の三十年を十一篇の短篇で描く、文庫オリジナル小説集。〈解説〉末國善己

207012-7

え-10-7
鉄の首枷 小西行長伝
遠藤周作

苛酷な権力者太閤秀吉の下、世俗的野望と信仰に引き裂かれ、無謀な朝鮮への侵略戦争で密かな和平工作を重ねたキリシタン武将の生涯。〈解説〉末國善己

206284-9

お-2-12
大岡昇平 歴史小説集成
大岡昇平

「挙兵」「吉村虎太郎」など長篇『天誅組』に連なる作品群ほか、「高杉晋作」「竜馬殺し」「将門記」など戦争小説としての歴史小説全10編。〈解説〉川村 湊

206352-5

た-24-3
ほのぼの路線バスの旅
田中小実昌

バスが大好き――。路線バスで東京を出発して東海道を西へ、山陽道をぬけて鹿児島まで。コミさんのノスタルジック・ジャーニー。〈巻末エッセイ〉戌井昭人

206870-4

の-3-13
戦争童話集
野坂昭如

戦後を放浪しつづける著者が、戦争の悲惨な極限に生まれえた非現実の愛とその終わりを「八月十五日」に集約して描く、万人のための、鎮魂の童話集。

204165-3

の-17-1
野呂邦暢ミステリ集成
野呂邦暢

「失踪者」「もうひとつの絵」「剃刀」など中短篇八編とエッセイを併せて年代順に収録。推理小説好きを自認した芥川賞作家のミステリ集。〈解説〉堀江敏幸

206979-4

い-2-7
浪漫疾風録
生島治郎

『EQMM』編集長を経てハードボイルド作家になった著者の自伝的実名小説。一九五六～六四年の疾風怒濤の編集者時代と戦後ミステリの草創期を活写する。

206878-0